INK
文學叢書
257

我的心肝阿母

張輝誠◎著

謹以此書向
全天下母親致敬
並爲我
阿母七秩華誕壽

目錄

附錄

耿耿孺慕

——讀張輝誠的親情文集

余光中

張輝誠前後的兩本散文集：《離別賦》與《我的心肝阿母》，主題雖然貼近，風格卻十分不同，語言也形成對照。兩書富於同質性，卻又充滿互補感。以主題而言，兩書可稱「孝子文學」，不過聽來太老派了，太不夠酷。也可稱「親情書寫」，或是「孺慕告白」。以風格而言，《離別賦》寫嚴父，塑造的是唐山老家一位木匠師傅，在內戰期間被胡璉部隊徵兵入伍，歷經古寧頭之役與八二三砲戰，終於以士官長排副的名義退役為榮民；其後重操土木舊業，辛苦養家，也屢經工傷，出入醫院，卒以八一高齡逝世。《我的心肝阿母》寫的是慈母，雲林蒕子寮人，祖籍西河堂，出自河南，遷台始祖林圯原爲鄭成功部將，算是同安人。母親不識字，比父親小十九歲。本省女子嫁給榮民的故事（張輝誠戲稱之爲「番薯仔」配「外省仔」），穿插交錯於兩本書中，雖然因背景不同而爭執不斷，但夫妻的感情卻十分深厚。

張輝誠的父子情不算和諧：不但因爲父親生活辛苦，性情嚴肅，而且由於話少，更少對兒子提起自己的身世。九年前父親去世，爲人子者不勝哀慟，孺慕難解，在歉咎的心情下專程去了一趟江西，像是償了亡父還鄉之願，對自己也踐了尋根之旅。更有意義的，是此行他得以親訪父執與族人，並核對黎川同鄉會志與胡璉將軍的回憶錄，才能把父親的身世拼湊成完整的圖形。儘管如此，沉默而又低調的父親，生前仍然把自己的祖傳價值傳授了好幾種給兒子。爲父的只讀過兩年書，在二十四年軍旅之餘，苦心孤詣，竟然能把中醫漢藥、三國故事、太極拳法、傳統書法教給了兒子。張輝誠得此濡染，實在是虎尾高中之外難得的家教，甚至日後進師大也選了國文系所，或許正是由此肇因。

也就因此，《離別賦》的文筆比較文白互補，俾可承載大陸背景、華夏文化。另一方面，《我的心肝阿母》則把場景與關懷移到台灣，尤其是北起淡水、南迄烏來的台北縣境，包括阿母百逛不厭的夜市、菜市、吃食小店、電玩場所，甚至纜車、渡輪。阿母童心未泯，遊興不淺，卻因一身多病，不能爬坡或遠足，同時內急頻仍，也不能深入山野。她目不識丁，也不會說普通話，母子之間只通台語，所以《我的心肝阿母》散文集的「語境」是十足的鄉土，尤其是阿母的口頭禪，包括「我父我母」、「滿台」、「三八囡仔」、「沒孝啦、某生耶」、「未活囉」等等。他如「不通」、「會驚」、「細漢」、「眞鰲」等等，也屢屢出現。如此語境，固然臨場感十足，鄉土味到位，卻苦了香港與大陸的讀者。

《離別賦》加上《我的心肝阿母》，不但是作者雙親的「側影」與「背影」，也等於作者的半部自傳。作者寫書的目標，求眞多於唯美，揚善卻未「隱惡」，超乎「爲長者諱」的傳統，對讀者的態度是十分坦誠的，令我想到上一世紀中葉美國的「自白詩人」（confessional poets）。不過自白詩人比較悲沉，詩是寫了，但悲情愁悵並未得以滌淨，結果三位詩人（John Berryman, Sylvia Plaths, Anne Sexton）竟都自盡。張輝誠的「自暴」在《離別賦》中雖也不無自咎自責，卻更多孺慕，不盡是怨恨。〈洗澡〉一篇，先是父爲子洗，繼而子爲父洗，充滿了諧趣與敬愛，感人至深。〈說書人老張〉與〈老張說三國〉兩篇，對父親也止於淡墨揶揄，但無意諷刺，採取的角度是第三人稱的側影。

《離別賦》是緬懷生前，《我的心肝阿母》是承歡膝下。樹欲靜而風不止，《離》集滿是無奈的嘆息。親雖老而子猶壯，盡孝端在眼前，《我》集卻洋溢反哺的笑聲。阿母其實不難承歡：她返老還童，好吃、好買、好玩，容易滿足；同時健忘，能淡對滄桑；又不善計算，儘管不滿兒子日奉五百，卻欣然接受隔日零用一千。另一方面，她身兼數病，行動不便，一出門就嘆「行路難」，總怪阿誠：「我會乎你害死！」多病，久病，不免常上醫院：阿母怕上醫院，正如頑童怕上學。她怕體檢、怕打針、怕治眼、怕整牙，實非聽話的病人。她平常寂寞，見到阿誠就會嘮叨起來；有時和鄰人因失言而失睦，愛兒就得硬著頭皮出面去致歉。諸如此類，不一而足。

但是這一切都難不倒今之大孝阿誠。子夏問孝，子曰色難。張輝誠一以貫之，奉行的孝道正是「孝順」。阿母未盡之食，由他接下。母子比賽飛碟，他就放水裝輸。阿母盛氣硬來，他就低調軟應。阿母凡事絮聒，他就左耳入右耳出，當作耳福，充義務聽眾。同時還做到「婆媳分住」，自然免去邊界紛爭，更無廚房引火。另一絕招，就是用上肢體語言，和阿母牽手同行，或奇兵突起，來一個「熊抱」。遇上阿母天真不拘，把餐館池中的金魚撈起，或是參觀林語堂故居竟然倦臥大師之榻，做兒子的總能處之泰然。

張輝誠說，小時母親寵愛他，現在輪到他來寵愛母親。他也坦承，對阿母的懷柔之策也並非回回奏效，但仍不失爲最佳法門。由愛出發，總是大道。現代文學表現的往往是一個失愛、無愛的社會：進步的作家會強調階級鬥爭，前衛作家會強調代溝與孤絕，地域作家會強調族群對立。張輝誠的這兩本散文集，出之於人性的寬容與同情，益之以生動而幽默的筆調，洋溢著孺慕的光輝與赤忱，在人倫價值快速流失的當代，令我們讀來倍感驚喜。

這兩本書在眷村文學之外、鄉土文學之上，更拓展了當代台灣文學的天地。所謂「兩岸交流」，其實未必從解嚴開始。也許更早，從江西老兵初遇雲林村姑的那一天起，就怦然心動、沛然啓動了。

「如何當一個孝子」教學示範手冊

簡媜

「孝子」有兩種，一種古代，一種現代。

古代所謂「孝子」，指孝順父母的孩子，民間故事「二十四孝」皆爲孝悌楷模，可供有志者效法；現代所謂「孝子」，指孝順孩子的父母，人數眾多競爭激烈，只二十四個名額肯定不夠容納（海峽對岸出現「獨二代」：獨生子女又生獨生子女，六大人伺候一個小皇帝，競爭尤爲慘烈）。「孝」之義古今不同，在於主詞受詞易位；古時，臥冰求鯉、恣蚊飽血的是兒子，現在，扇枕溫衾、嘗糞憂心的是爹地媽咪。孝字寫法沒變，變的是誰孝誰。

然而弔詭的是，多數人一生必得經過前半段爲人子女、後半段爲人父母，當處青春前段，不免暗嘆兩老太囉唆、孝字太沉重，家如「枷」；當處中老年後段時，遙想當年滌親溺器、嘗糞憂心的活兒都認分地做了，偏偏養出一顆高享受低抗壓的「草莓族」或一隻牙齒銳利的「啃老族」，不婚不娶不上班還要阿爸阿母給零用錢煮三餐，此時，不免懷念固有倫理道德之高妙之有保障，後悔孩子小時沒教他背《孝經》，以訓童蒙。同一字同一人，角色不同感受殊異。由此可知孝字不僅複雜且夾帶了不可測的投資報酬率：我孝前人、後人不見得孝我（如果孝子生出不肖子，只好歸諸交到壞朋友），然而若我不孝前人則後人萬萬不會孝我（如果不肖子居然生出孝子，只好歸諸上輩子燒的是烏沉香）。這番道理，有諸多閭巷閒言、婆媽八卦足以佐證。八卦閒言傳播久了變成警世箴言——那就是，要孝順父母。好心的婆婆媽媽對恰好聽到民間故事的「年輕路人甲」再奉送一句：「人在做，天在看。不可不信喔！」

「孝法」有兩種：一種不同住，一種供食宿。

不論外頭的社會高齡多少，身在中年的總會碰到這一關：家中二老忽然坐公車免費且里長送來重陽節禮品。又忽然，媽媽心臟需放支架、爸爸攝護腺需開刀，中風、換人工關節、洗腎、得癌症……。再忽然，只剩一老，人海茫茫何處是岸？此時，做子女的才發現父母從小叫他要計劃人生、實踐夢想，可他們自己根本不做「銀髮計劃」就快快地在你面前老了！那速度近乎垮台。好兒好女當然不會抱怨也不應抱怨，若有揪心鎖眉的表情，他操煩的是該怎麼做才能把一棵近百年老榕樹連根拔起移到養老院，或是自己那一間正在分期付房貸的都市小公寓裡。「老」這門功課得兩代（或三代）同修，還要夫妻協力；不同住，不放心，同住，需耐心，更需技術與藝術。

五年前，張輝誠以《離別賦》一書爲父親造紀念銅像，重建一個來自江西的漂流老兵在雲林鄉間扎根、貧瘠中求活的艱辛歷程。謀篇成章，篇篇是父親以病軀扛著嗷嗷幼雛的沉重身影，每一步都劃下瘀血暗傷；而字裡行間，句句是人子湧泉般的心疼與孝思，純之又純，恨不得以血換血以骨造骨，自死神手中奪回洗腎老父的生命。輝誠固然兼蓄古典素養與現代筆力，然《離別賦》動人肺腑處不在文字而在聖潔的親情流露。書中，一個賣命養家的父親，一個敬愛、寶惜老父的兒子，血響應著血，骨共鳴著骨，在冷漠的造物者面前，成就了最美的人間風景。

父親離去，只剩老母同住。輝誠一改父系國語腔調，回歸母語唇舌，寫下奉養心肝阿母的心得報告書。

原籍雲林鄉下蔥子寮，生於日據時期的阿母不識字，養兒育女是她一生全部的功動，直至老年喪偶，子女各有一家一業，阿母的處境極有可能像同代無數銀髮族群一樣，出現一道幾乎無法橫跨的鴻溝——更確切地比喻，遭逢一生最嚴重的土石流災難：兒女大了，老伴走了，身體病了，財力緊了，朋友沒了。他們成爲孤鳥。然而，輝誠的阿母卻非常幸運且「好命」，她的銀髮期不僅不必獨守鄉間老宅變成一天打十通電話給兒子的寂寞老嫗，反而能與兒子同住，朝夕有親人伴隨，晨昏定省，更在寶貝么子「導航」之下，開啓「第二度童年」——或許，對那一代人來說，是遲來的童年才對。

同住有兩種：一種不同遊，一種同遊同樂。

大學時才從雲林負笈北上的輝誠是台北新移民，自此之後落地生根就像當年父親落腳雲林一般。根基稍穩，遷父母同住，兩老成爲奔走於醫院的台北「新新移民」。父逝後，新新移民只剩老母一人。耆齡大榕從鄉下舊厝移入都市新廈，雖有親情滋潤，卻不敵空虛侵蝕。輝誠瞭然於心，化身爲「城市生活指導員」（雖然常常失敗）及「台北一日遊」導遊，協助這棵本省老榕樹融入眼花撩亂的生活中。

於是，遊淡水、逛夜市、訪陽明山，吃美食、坐貓纜、賞煙火、打鋼珠……，凡接待國外友人、大陸觀光客必去的北台灣熱門景點皆在阿母專屬導遊的行程規劃裡。

這位還得上班教書、念研究所的「全陪兒子」不僅任勞任怨，還花錢乾脆，種種作爲，只爲營造帝王級的遊興與玩趣，博皇太后歡心。

讀到此，不禁令人掩卷輕嘆：生一個孝子，勝過治十棟豪宅啊！孝子承歡膝下、噓寒問暖，而房子需繳土地、房屋稅，十屋不敵一人。治房子靠時運，生孝子則全憑天命，輝誠阿母的「天命」不知會羡煞多少白髮老前輩。本書若出大字版，極有可能風靡各松柏安養院、長青養生村，洛陽紙貴，暢銷不墜——輝誠年輕時可能沒什麼機會當「白馬王子」，但現在絕對有資格當「老讀者」心目中的「白馬兒子」。甚至，請恕我繼續想像以下的畫面：終於盼到兒子來探望的老爸爸，在聊完起居醫藥的沉默空檔，鼓起勇氣問兒子：「張輝誠這個人你有沒有聽過？」兒子搖頭：「他是誰？」心想大概是失散多年的軍中同袍或新上任的里長之類的吧。老爸就等這一問，速速框上眼鏡，從茶几上拿起折了頁、畫了線的《我的心肝阿母》交給兒子：「他寫的，有時間的話翻一翻，尤其我畫線的那幾篇，看看有什麼心得沒有？」這時老媽媽基於尷尬兩隻手揮蚊子似的：「哎呀老頭子講這些無聊事兒幹什麼！」趕緊又去切一盤水果告訴大家木瓜眞的好甜。吶，吃啊，吃啊！

一般總認爲銀髮族不就是六十、七十、八十這麼往上提高歲數的嗎！其實沒那麼簡單，對外人說得通，對自己的七八十歲父母則另當別論。記憶裡，我們有的是與三十或四五十歲時的父母相處的經驗，但這些豐富經驗不見得能做爲與七八十歲父母相處的準則——當他們登上七八十，我們也來到四五十了，我們身上有一道更年期門檻要跨，而他們顫巍巍地要跨銀色門檻，對彼此而言皆是全新挑戰。因此，處現代社會，奉養父母需具備更靈活的思維與作法。——自從我的阿母也晉升成爲醫院多科慢性病常客，我帶她看病做檢查，才摸索出嶄新的相處之道，那種時而母女時而姊妹時而換成我是母她是女的角色變化，讓我感到無比新奇，體會即使是血脈相連的親倫中也藏著複雜的人際變化，而現代老人家渴望的不是「尊敬」，是笑鬧開懷。我阿母一跨出診間必急忙掏出一張千元鈔給我付藥費（老友阿鯉說，她媽媽每次給二千元），起初我頗生氣，上演伸手撥手再伸手又撥手的行動劇，後來啐一句「三八吶」也就欣然收下，領了藥必去肯德基吃燒餅配熱茶，我必在五六個藥袋上畫小圖，以便不識字的她按圖索驥吃對藥。她看我把每一種藥畫得那麼傳神有趣味，不時笑出淚花。與父母相處之道無他，我們最深刻的親子記憶是養育子女的那一段，只要把這些「特殊技巧」掰一些加以調整一番，即適用於老父老母。古諺所謂「老小」，眞是自煙火中提煉而出的智慧，侍親如子，心念一轉，才知道跟父母根本不需（也不能）講道理，要講感受，就像孩子小時聞雷聲而哭，他需要的也不是科學知識，是擁抱安慰。

這就是本書最引人深思的部分，輝誠示範了高難度的「角色反轉」技巧與藝術：

筆下的大肚腩阿母，漸漸反轉變成女兒樣態，撒嬌甚至耍賴，近乎青春叛逆期少女，而兒子漸漸反轉出慈父樣貌，管教無效，任其予取予求。表面上是兒子帶母親同住同遊，骨子裡像一個年輕父親照顧率爾任眞、渾然天成的女兒。「心肝」一辭，宜乎用於母子，也適合指稱父女。

這其中難得的是，尚未有父職經驗的「父親化兒子」對「女兒化阿母」的照顧堪稱無微不至；只有父母對子女才做得出而子女不易回對父母的私密照料，輝誠做來皆不辭不慍不怨，有慈有愛。頂多，當阿母不聽話時，罵一句：「你這個台哥鬼！」孝字，存乎一心，餘皆贅言。

天下有不是的父母，然而何等幸運，我們的父母未曾離棄我們，從未失職。對有些人而言，孝字來不及寫完，我們又何等幸運，父母至少還有一人在身邊。輝誠學老萊子娛親，嘻然笑鬧描繪心肝阿母。阿母人人有，但「心肝」該怎麼寫？輝誠做了最佳示範。

讀罷此書，如果內政部要票選「新二十四孝」，我肯定投張輝誠一票。

自序

我阿母七十歲了。

俗話說：「家有一老，如有一寶。」我阿母總算名正言順稱得上「老」了，並且也眞是我家的「寶」。

要說「家有一老，如有一寶」得有前提，必須家中成員相處合宜，各安其位，才能譜出「老來寶」的幸福交響曲。若不幸相處不善，兒女看待老人家，時時隔閡；老人家看待兒女，處處不順眼，終至兒女承受不了老人家，避之唯恐不及，如燙手山芋，你丟我棄，倒成了「家有一老，如有一害」變調曲，甚至「欲除之而後快」。落到如此局面，叫老人家們眞是情何以堪。

我不好說生活周遭充斥著許多這種不幸故事，但不能否認經常時有所聞：有的爲錢財分配不均，有的爲婆媳相處冰炭，有的爲老少習性不合，有的爲兄弟照顧勞逸不均，有的為……，原因林林總總，下場卻殊途同歸，老人家哭哭啼啼，指責兒女不孝、吞財、棄養；兒女輩也不甘示弱，對老輩缺失（難搞、偏心、說謊……）指證歷歷，猶如不共戴天。——父母兒女親情，竟翻臉不認，痛恨疾惡甚至超過仇家。

照顧老人家，確實是「家家有本難唸的經」。唸得好的人家就是《易經》，看亦簡易，其實博大精深、複雜深奧，得努力解除其難，方能成就其易；唸得不好的人家就是《難經》，處處問難，疲於應付，治絲益棼，終至難如登天。實不敢相瞞，我自個兒也是從「難經」長久領受，苦苦參修，最後才有點兒漸入「易經」佳境，參透個中三昧者。

我阿母原先和先父同在雲林褒忠老家生活。我退伍後，先父因年老體衰，大哥建議接來台北同住，我持反對意見，因為我再不想過從小就過怕的父母每天吵架生活。大哥說：「難道你要看他們自生自滅嗎？」我知道不能，所以便接來同住。果不其然，先父和阿母仍是如往常一樣衝突。當時我消極抵抗，每晚都很晚才回家，他們大多時候睡著了，反正我眼不見、耳不聞為淨。後來大哥結婚，搬去三峽成家立業去了，變成我一個人必須獨力照顧父母，只好每天早早回家，陪兩老聊天，勸解吵架、聽聽嘮叨，假日開車載去四處遊玩，偶然病痛上醫院看醫生等等，——箇中滋味，一言以蔽之，苦不堪言。——時間一長，我心裡難免有怨懟，為什麼最後變成只剩我一個人照顧。朋友也看不慣，代爲打抱不平，我自己安慰道：「三個和尚沒水喝，還好我爸媽還有我一個兒子挑水給他們喝哩！」直到後來有一回，同事李天來老師對我說，他也是最小的兒子，也和我一樣獨力照顧同住的父母，他說：「父母和最小的兒子生活在一起的時間最久，也最親近，因爲較大的小孩都比較早離家獨立。」我聽他這樣說，心裡好過些。後來又在日本東京一場飯局中，聽陽明海運分公司社長說：「皇帝愛長子，百姓愛么兒。皇帝要傳天下，所以愛長子；老百姓因爲天性，特別疼愛么兒。」聽完這話，我就再沒有任何怨懟了，因爲我知道先父和阿母的確是特別疼我。

照顧老人家，當然有苦有樂。苦的，如人飲水，冷暖自知，終身難忘。樂的，如白駒過隙，片刻得歡，轉瞬即忘。根據我照顧父母多年的深刻經驗，得到的結論是，再苦的事，就讓它隨風而逝吧，犯不著苦苦追憶；而歡樂事，如過眼雲煙，有必要常掛嘴邊、記諸文字以求傳諸久遠。——這也是我寫這本書的主因。

倘若有人問我，照顧老人家最大的收穫是什麼？我會說：沒有遺憾。

先父剛過世那年，恰逢一位研究哲學與宗教的朋友父親也過世，當時我極難過，便想問問他有無解脱良方，不料他竟說：「人生充滿荒謬！荒謬！我沒能在父親跟前照顧，遺憾啊！」我這才想通，能在父母晚年得以隨侍照顧，奉養終年，最大的收穫就是不會有遺憾！我後來看過許多朋友在父母過世之後，漫天捲地而來的「子欲養而親不待」的遺憾，如影隨形，嚙咬磨折，苦苦折磨。——我這才懂得，沒有遺憾，多麼重要。

親友、鄰居常對我阿母說我很孝順。其實我哪裡孝順，孝順兩字，何其難哉！充其量我也僅僅做到一點點開端，或許就像孟子所說的「不忍心」而已。不忍心我阿母受苦、不忍心我阿母難過、不忍心我阿母受委屈、不忍心我阿母不快樂、不忍心我阿母不能隨心所欲、不忍心……，——就是這個不忍心，讓我一直對我阿母，好，好，還要再好。

我阿母七十歲了。我寫了這本書，當作送給她的生日禮物，因此慎重其事，特別請託了杜忠誥老師題寫書名，黃明理學長題寫內頁文字，江昭彥學妹繪製油畫，並承蒙兩位文壇名家余光中先生、簡媜女士慨然作序，全然因爲他們如椽手筆的緣故，使得這本原先十分平凡的書，忽然變得分量十足、意義重大。這完全都得歸功於他們。

這是我精心準備送給我阿母的七十壽誕小禮。但我阿母目不識丁，自然是看不懂書上寫些什麼，但沒有關係，我只要在拿書給她的時候，特地用力抱一下她，讓她笑得合不攏嘴，等她從我胸口掙出頭來，說：「三八囝仔，這大漢還這呢好撒妞！」我知道她很開心。她開心了，我就開心了。

這是我們母子倆的開心之書，所以也獻給全天下所有可愛的阿母們，讓全天下的阿母們都開心。

我的心肝阿母

我的心肝阿母

老人家難免大大小小長長短短的病痛，大而長的像糖尿病、高血壓，小而長的像暈眩、關節酸痛，大而短的像白內障開刀，小而短的像感冒、掉牙、肚子痛等等，我阿母自從領受老人年金以來，好似善盡義務似的這些個老人病端得要一應俱全才行，隨年逐一收攏在身上頂受著，只是她老人家不可能通曉這些個正經八百的病名，經常用台語嚷嚷：「頭很暈，暈到快要昏倒了！」我便得趕緊抄出電子血壓計量測血壓，若是血壓太高，就得加顆降血壓藥，若是血壓正常，就得改換測血糖，空腹八小時，把針扎進指腹擠出幾滴鮮血，老人家還在連珠砲地抱怨「痛死人、我父我母、這樣歹命」不迭時，我已經把血滴在量紙上塞入機器測完血糖，把降血糖藥塞進她的口裡，——我常想要是可讓老人家迅速知道病痛癥結所在的儀器，可立即解除老人家痛苦，又可免除醫院大排長龍的漫長等候折磨，只要是價格合理、家裡空間有限，哪怕是X光機、核磁共振，身爲兒子的都會樂於添購。

我阿母不頂愛上醫院，或者應該說其實是沒人樂意上醫院的，只是我阿母特別誇張些，好比說牙痛上個診所，她都可以緊張兮兮的。我幼童時有一回牙疼，她帶我看牙醫，看見牙醫用旋轉磨針吱吱吱地在口腔裡琢蝕，難免血絲流淌，我阿母立在一旁觀看，直滴咕：「醫生，流血了！流血了！」牙醫和我都說沒關係啦，我阿母還在一旁坐立難安、念念有詞。最後輪到洗牙，牙齦流血更屬正常，沒想到我阿媽護子心切，居然拉住牙醫師的手，邊喊道：「我子會乎你害死，流這麼多血。停咧！不通再弄！」絕不肯再讓牙醫師繼續治療。我躺在治療椅上哭笑不得，趕緊請護士小姐帶她出去，以免過度焦慮。後來輪到我帶她去看牙醫，她只會生氣地瞪著我說：「要看你自己去看！要痛乎死喔！我就沒咧空咧！」等到不得不去看時，一口牙齒早已蛀光，只能拔掉了。

如此便可想像，後來我每回帶她看完家醫科門診，拿妥一個月份糖尿病與高血壓的藥之後，為確定血糖控制與腎臟健康狀況，每兩、三個月都須驗血一次。頭一回我帶她去抽血，她還不知道要幹嘛，也就跟著一起進到檢驗科，等針頭插進手肘靜脈，血才抽了一半，她就急忙喊說：「唉，唉，唉，好囉好囉，血乎你抽了了！唉唉唉，停、停、停！」等抽了兩針之後，她壓著針口棉花，對我嚷說：「我父我母，我會乎你害死。」無論我如何向她老人家解釋人體內有很多血，抽出來還是會再生，她只作結論道：「我聽你咧講古！」這樣就能知道，後來的每一回抽血，我是怎樣費盡心思哄她說是要帶她外出去吃早餐、去逛街、去運動、甚至是去買衣服或鞋子，只有等她發現車子已經到達萬芳醫院，她猛然驚覺，嘟著嘴躬著身子不肯往前走，幾幾乎就是我架著她走才能順利進入檢驗科，害得旁人都以爲發生什麼挾持事件哩。

莫要以爲驗血就是最大難關，我阿母連照個X光都可以緊張兮兮。換妥連身衣之後，進到檢驗室，我同她說：「不會痛啦！」她還不信，不肯讓我出去，要我在裡頭陪她，我只好穿起重鉛衣陪她照X光。結束後，她才笑嘻嘻地說：「眞正沒痛咧！」有一回醫生怕高血壓太久，有心室肥大問題，安排檢查心臟，得照心電圖，我因照過，知道不會痛，但我阿母不相信，躺在檢驗床，手腳夾上塑膠夾、胸前吸住氣球狀儀器、甚至最後塗上潤滑液時，她都要全身抖一下又抖一下，害怕地說：「唉喲，會痛未？」等全部結束了，她才如釋重負地說：「眞正沒痛咧！」我搖搖頭，說：「不是說過不會痛了嗎？」她會略帶歉意地答說：「沒試過，我哪會知。」還有一回我阿母和醫生說小腿痲痲的，醫生怕神經病變，安排檢查神經系統，我因沒試過，不知是否痛或不痛，只好讓我阿母忐忑不安地躺上檢查床，原來是和心電圖檢查一樣，手腳夾上塑膠夾，我阿母也以爲不會痛，想不到準備妥當後，我阿母就一聲接一聲地唉叫起來，原來塑膠夾會放電，藉以測試神經反應，起先只是小電流，我阿母每放一次電流就唉一聲，隨著電流越大她的唉叫聲就越大，直弄到整層樓都聽見她的唉叫，慘不忍聞。沒想到檢查只作了一半，她阿母就受不了了，氣呼呼地把夾子全部扯落，跳下床來，罵道：「我會乎你們害死！」連鞋子都沒拿，轉頭就走了，我趕緊向醫護人員點頭道歉、彎身拎起鞋子趕將過去，只聽見我阿母在走道上喃喃自語：「要給我電乎死是否！」

再有幾回是檢查眼睛，爲了確定糖尿病是否讓視網膜產生病變，但看視網膜之前得先作一些視力、眼壓等基本檢查，我阿母大字不識一個，教了好久才教會怎麼比C字缺口，接著量眼壓時，問題就來了。我阿母眼睛小，又經常閉眼，望著測量鏡頭好不容易才撥開她的眼皮，直愣愣望著鏡筒中圖片，直到鏡頭猛地噴出一口氣，讓她嚇一大跳又把眼皮給閉得牢緊，再也撥不開。別人檢測一分鐘就搞定，我阿母已經檢查了十五分鐘才沒好，檢驗師的表情越來越難看，我阿母脾氣也越來越大，便耍脾氣說：「啊，我不要看囉，轉來厝去，不要看囉！」我趕緊安撫兩方，好不容易才兩安其人。醫生順利檢查眼底正常後，卻發現白內障到了必須開刀的程度，遂安排了手術時間。我因之前照顧過父親開白內障手術，知道現在技術已經很先進，開完刀後傷口極小，且當天就能回家，便拉著我阿母去開刀。我阿母進到手術室前，還一直拜託醫生要讓我一起進去，不然她會害怕，但是手術室閒雜人等不得進入，我阿母只能依依不捨地獨自前往。順利開完刀之後，醫生同我說：「才開到一半，令慈就說要尿尿，沒辦法只得讓她去尿尿，開的過程很辛苦。」我趕緊苦笑賠禮道：「謝謝，謝謝，辛苦您呢！」

後來，我阿母右手大拇指長了一顆疣，疣是會傳染的，偏偏她又愛自己用指甲剪亂剪一通，結果越剪越大顆。在鄉下我們都叫疣是「魚鱗巴」，當時都以爲是魚鱗不小心黏在皮膚上才長出來的，我阿母如今也說：「早知就不要買魚，市場殺魚沒處理清淨，害我生魚鱗巴！」我後來當然知道疣不是魚鱗造成，但無論我怎樣解釋，我阿母也不會相信我，正如同我摸她的肥肚鬧著玩時，她會生氣地說：「叫你不通摸我的腹肚，你講不聽，會害我漏屎，你知無。」或著當她耳朵癢時，她會趕緊吩咐我：「敲電話叫你二姊不通唸我，害我耳仔癢得這厲害。」（我自然是不相信這些，只是有一回和我阿母同性情的二姊居然同時也打電話來說：「阿誠，叫阿母不通唸我啦，害我耳仔癢動動！」或許母子連心就是這個道理也說不定。）我擔心疣越長越大，就同我阿母說你不去給醫生看，以後去逛街我就不牽你的手了，我阿母很是吃味，只好老大不情願地到皮膚科看診，當年輕男醫師拿出液態氮槍出來，她便緊張地問：「會痛未？會痛未？」沒想到液態氮槍的冷凍治療是先甘後苦，起先沒什麼感覺，回到家後指腹漸漸痛將起來時，我阿母一改走出診間說「不會痛啊」的輕鬆口吻，再又使出她的驚天動地口頭禪：「我父我母，我會乎你害死！」

我阿母吃醫院的藥，是治治標，糖尿病和高血壓都只能控制，無法痊癒，但爲了保本，不讓病情惡化，得吃些保養品。說也奇怪，這些保養品大多所費不貲，如專門給糖尿病喝的營養奶品，一罐索價九百，約可吃一個月；綜合維他命B群（B6、B12特多）防止糖尿病神經病變，二百顆要價一千八；維骨力補充軟骨營養，避免退化性關節炎，正牌一罐千元左右，他牌一罐七八百元，只能吃一個月；更不用說偶爾補充些雞精，或者擔心便秘而時常買的蔬菜精力湯……，不過，那都沒關係，只要能讓我阿母舒服一些、輕鬆一些、開心一些，我可是半點猶豫皆無，海派地買、買、買。

我如此疼愛我阿母，經常讓旁人覺得我實在太過溺寵我阿母了，以至於讓她覺得這是理所當然，常告訴她說「人在福中不知福」，這話當然不對，因爲旁人只看到現在，沒看到過去，不知道她老人家過去對待她這個么子我，打從她小兒子一出生娘胎，完完全全就是一整個偏心、寵愛、溺愛，到了超乎尋常的狀況。而我當然也不是什麼懂得知恩圖報這類大道理使然，單單只是母子連心，忽然我就長大了，我阿母忽然就變成小孩了，母子變成了子母，我開始也是對她一整個偏心、寵愛、溺愛，完完全全捨不得她有任何病痛難過，因爲她一旦病痛難過了，我可也是一點兒開心不起來，那或許就是——因爲我是她的心肝兒子，她是我的心肝阿母。

我那目不識丁的阿母

我阿母目不識丁，她老人家大字不識半個，有好處也有壞處，好處自然是蘇軾所云：「人生識字憂患始」，可見她的人生絕無大憂大患，事實證明果也是如此。壞處當然也有一些，不過都是些微不足道的事兒，有時將就將就一下子也就過去了。

我阿母還住在鄉下時，不識字好像也不是什麼大問題，因爲老一輩的遠親近鄰、左鄰右舍絕大部分也都不識字，當大家都不識字，你一個人不識字也就成了正常不過的事情，反倒是眞曉得識字的人卻成了希罕人物，得幫大家寫家書、看來信、解籤詩等等。我阿母不識字，甚至連阿拉伯數字也數算不清，每回我問她一到十怎麼排，她就很認眞數著指頭算將起來，說：「一、二、三、四、五，」然後停頓了一回兒，想了想，豁然開朗似的拍起手掌，開心地說：「八、十！哈哈哈。」這是她自己的七進位法，幾近不可推翻的典範定律，無論我如何教她十遍百遍，多年來始終不動如山，古人說「江山易改，本性難移」約莫就是這個道理。據我阿母自己說她小時曾上過小學兩年，不過眞對讀書是一點兒興趣都沒有喲。但據我阿公說，我阿母居然當著全班同學罵老師。我對照我阿母後來的性情，這並非不可能的事。（只沒想到天道好還，我阿母的兒子我後來成了老師，後來也的確被學生嗆過幾回，且每回被嗆，氣到不行時，平時口才便給的我登時變得支支吾吾，一句話也說不出來，可見天道罰人之周密。）

我阿母不識阿拉伯數字，在鄉下原不是什麼難題，她到農田幫拔花生割稻米掙的薄酬全上繳給我阿公，口袋空空也就不太需要數算數字。但後來，我把她接來台北同住，不識阿拉伯數字就有了不少小麻煩。好比說我租的公寓是在五樓，整棟大樓有十二層，我爲了教會她按往五樓可謂費盡心思。公寓電梯裡的按鍵分左右兩排，各有六個按鈕，要是五樓也和一樓是在左排最下方這麼明顯處也就罷了，偏偏五樓上頭還有一個六樓鈕，我阿母記性當然不好，無論我教她幾回，她總也記不清。起先我去上班，她就一層一層全部按滿，然後逐層找到五樓。後來不知怎麼找到一張貼紙，貼在五樓鈕，被我發現，趕緊撕去，同她說：「賊仔會想說是有人作記號，這樓可以跑入厝偷拿物件，這樣太危險。」不料我阿母窮則變，變則通，有一回我又同她一起搭電梯，只見她吐幾口唾沫在右手指尖上，對著五樓鈕的周圍猛畫圈，她邊畫還邊得意對我說：「這樣賊仔就看未出來，只有我看得出來！」我搖搖頭，說：「你這個台哥鬼！」

電梯問題將就過去了，第二個難題緊接出現。在鄉下，我們蔥子寮是自給自足，就算有缺什麼東西，也是人家開發財車來兜售，後來搬到褒忠，那又更加自給自足了，根本不需要到外地去採辦物事，當然就沒有搭客運車的習慣。但到台北就不行了，我住的地方是萬芳社區後再高一些的山上，有些兒遺世獨立的況味，不靠公車幾乎難以上下山。我阿母看不懂阿拉伯數字，就分不清公車有何區別，當然更不知道車要開往何處。起先我阿母之所以要搭公車，只爲了上木柵市場買菜，杵在公車站等，並不等車，而是等人，等有人出現了，便拜託人幫忙看哪一輛公車可以上市場，然後再上車買菜去也。當然有時會等不到人，她只好硬著頭皮亂試一通，坐錯地方了，就趕緊下車再搭計程車回家，盼著我下班回家，就拉著我抱怨：「氣死人，氣死人，車這呢難等！還坐不對車！」後來，她意外發現，坐錯車也沒關係，只要車子不是回到萬芳社區總站收班，不論公車怎麼繞，繞多遠多久，終究還會轉回我們家萬美社區，這下子她便好整以暇，坐錯就坐錯唄，也不急著下車，反正繞一大圈終究還會回到原地，想不到她用這種方法也賞玩了台北不少地方。

搭公車將就過去了，上市場又有了新問題。我阿母絕不和人討價還價，人家勸她多買，她就一股腦兒買將回來，也不管我得吃整整一兩個禮拜的雞肉或豬腳。這還不打緊，我阿母不懂阿拉伯數字，自然是不曉得算數，商家說多少，她便把錢掏出來，說：

「一張有夠嗎？二張有夠嗎？」要是沒零鈔，她還會取出一張「青仔面」（我阿母對一千元的暱稱）給人「打破」（我阿母說的找開）。好在木柵市場店家大多忠厚誠信，童叟無欺，只會加勸多買，還不曾蒙混欺瞞。我阿母的錢起先只是買菜之用，沒錢就同我拿，後來認識一位鄰居在家比丘尼，時常攜她到處遊玩，有時一個禮拜拿了三、四回三千元，我覺得太過誇張，簡直要入不敷出了，於是規定每天只能給五百，古人云：「由奢入儉難」果是如此，無論如何跟我阿母解釋一天玩五百，一個月就要一萬五，我阿母還是執著地說：「五百塊太少！五百塊太少！」後來我同她談判，說：「這樣好囉，我兩天乎你一千！」沒想到我阿母樂不可支，直點頭說好，還跟我打勾勾說：「你不通反悔！」（我希望讀者不要太快就聯想到一句成語，這成語不能證明我阿母什麼，只能說猴子算數也不挺好就是了。）

我阿母不識字，自然看不懂現代科技家電產品上的標語。以前在鄉下，洗衣服，得用雙手；想看電視，沒有，就算後來有了，扭開便能看，看來看去也只有三台；電鍋，壓下去就能煮；電風扇，轉了就開；冷氣機，當然沒有；手機，從沒聽過。我阿母上了台北，得重新學習現代生活，我特地買來大、中、小三款各色圓貼紙，在電子鍋、電風扇、冷氣機的啓動鍵上一一貼妥綠色貼紙，並在關閉鍵貼上紅色貼紙，好讓我阿母避開其他功能繁瑣複雜的按鍵。想不到此舉奏效，我阿母也有模有樣地煮起飯、洗起衣、吹起冷氣來。倒是看電視還有些困擾，我阿母不懂國語，除了少數幾個台語電視頻道，其他頻道對她而言簡直就像外國語頻道，我總是把頻道固定在二十九讓她看台語節目，有時該台播報國語新聞，她只好轉到別台，結果就迷了路，千轉萬轉之後，尋不得歸路，索性把電視關了。等我回家後才說：「這電視是迷宮呢，轉不出頭！」

電視看不成，不看也就將就過去了，只是我阿母看鄰居阿媽們人手一支手機，很生羨慕，遂開口央我也買一支。我說你不會打，浪費錢。她說，你教我打，我就會了。我說不可能。執意不肯。我阿母便展現她絮絮叨叨的功夫，唸得我猶如孫悟空聽了緊箍咒似的頭痛欲裂，遂也莫名其妙地買了手機給她，也莫名其妙的眞以爲可以教得懂她打。但經過無數次的努力終告失敗之後，我忽然想起，可以用最簡單的方法，先按好我的電話號碼撥出，然後她只要按一下撥出鍵就會重複出現我的號碼，再按一下撥出鍵就可以打給我了。如此簡易方法，我阿母果然學會，樂不可支，彷彿對她的人生境界又更上進了一層。於是她便時不時打電話給我，有一回還跟我說：「你阿誠喔？」「嗯怎？」我阿母在另一頭嘆息道：「打不對！打不對！我要打乎你哥啦！」原來我阿母以爲打電話是用想就可以打通了（我猜這在未來一定是通訊方式主流）。

打完電話，我阿母會發現我家到處都是書，有時我讀寫文章，弄得書桌上、客廳四周都是散放的冊籍，偏偏我阿母特愛乾淨，幾幾乎到了潔癖的程度。她看我到處放書很不順眼，每每就好心幫我把書收拾好，放在她認爲疏曠之處，但她不識得字，記性又不好，常常把我經學的書收進了現代文學，把史學的書藏進了諸子學當中，放完之後又忘了放在哪裡，我經常東翻西找遍尋不著。後來得到的教訓就是，書還是物歸原位不要亂放的好，免得我阿母出手相助。每當我在尋覓書籍或埋首苦讀時，我阿母會好心地對我說：「電視這好看，看冊那無聊，不來看電視要作什麼？」這話別人不懂沒關係，但是我懂，這是她疼愛我的方式。

我阿母是眞的目不識丁，但那又有什麼關係呢，那全都無妨於她從傳統鄉下婦女脫胎換骨成爲一名現代獨立新女性，也無妨於她嘗試新事物的勇氣與決心，更無妨於她作爲一位母親關愛小孩的心意，當然也就無妨於她於喪偶之後仍能是自得其樂、獨立自主的好媽媽。

我和我阿母的台北日常之旅

都說鄉下老人家住不慣台北，適應不了都市步調，可說也奇怪，我阿母自從雲林搬來台北和我同住，居然好端端地成了鄉下鄰居口中的台北人，搭公車，擠捷運，樂不思蜀，反倒偶爾回鄉玩玩，經常抱怨這些不方便，惋惜那個太冷清，思前想後，還是台北好。

白天我上班，我阿母就和左鄰右舍鐵門後的老人們一塊兒現身，窩在公園曬太陽、閒嗑牙，偶爾也和幾個身子骨硬朗、腿力健旺的阿婆們搭公車到傳統市場買雞鴨魚肉菜，要不就齊到郊外某山某谷的某某道觀佛寺祈福求安。我阿母大字不識一個，公園待累了，經常就往站牌邊一杵，看見有大人了，劈頭就問：「要去哪趣玩？」答說某某地，她就興沖沖地再問：「我跟你去好不好？」想不到她用這一招幾年下來，我沒時間陪她的許多時光，她竟也去過好些個我壓根兒沒去過的地方，通常她描述不來今天往哪裡玩了，只嚷嚷著：「反正很好玩就是了，明天還要再去。」並且她漸不怕落單，她說，在台北只要在路邊一抬手，黃色的轎車就爭先恐後靠停，只消告訴司機，萬芳社區，自然回到家，不用啥煩惱。

晚上我下班，若閒暇無事便帶她四處逛夜市，起先我阿母很是疑惑：「今仔日敢有夜市？」「有啦！台北每天有夜市。」「這呢好，每天有夜市！」我才猛然想起鄉下夜市都是一個禮拜一回。剛開始我們都逛離家較近的景美夜市，那裡有她愛吃的米粉湯和枸杞土虱，偶爾也和大家一起排隊等豆花，然後逛十元專賣店，買些流理台濾網什麼的，有時也坐下來打打小彈珠台，最後再心滿意足回家。景美夜市逛個兩三年下來，失了新鮮感，便與阿母轉往通化街踏查，吃吃石家刈包，嚐嚐紅花香腸，偶爾也飽餐一頓父親生前愛吃的三兄弟豬腳飯。過了一些時日，又轉往萬華夜市，看老闆口沫橫飛表演殺蛇，阿母和我都沒勇氣喝蛇湯，只好溜去路口吃鄭家碗粿配虱目魚丸湯，再進龍山寺拜拜祈求平安。後來又到遼寧街，走很長很長的夜市街，走到我阿母喊腳痠，我們便停下來吃了碗藥燉排骨，再繼續走。更後來又經常搭捷運到士林，從原本的舊鐵棚逛到蓋成新大樓的夜市，吃不曾改變的大餅包小餅、蚵仔煎和花枝羹，並且一定要看一眼、摸一下寵物街上箱子裡待售的小貓小狗。後來爲了怕阿母逛久了熟極生厭，便在幾個夜市輪流交換走逛，另一方面不斷尋找新夜市，什麼公館夜市、師大路夜市、永康街夜市、南機場夜市，甚至新店的流動小夜市，或者千里迢迢趕赴淡水夜市，不誇張地說，我阿母走透透啦。

到了星期假日，我阿母一早就興高采烈，不許我貪睡，盯著我刷牙洗臉，不停在旁追問：「今仔日要去哪趣玩？」起先我都帶她去逛街，什麼忠孝東路、西門町、天母啦，無一不到。後來發現她興趣缺缺，原來這些地方既要走得久，且東西不是太年輕，就是貴到根本買不起，沒意思。後來帶她去爬山，貓空、陽明山、四獸山，她也覺得沒意思：「看山看水看樹，莊腳還看不夠？」後來帶她登上新光三越瞭望台，她隔著玻璃看台北，直呼台北好高好大，後來台北一〇一蓋好，她也上去了，一直叨唸著：「門票這呢貴，我父我母！」下來後便忘了剛才的嘮叨，回過頭來叮囑：「下次你姊和孫子來，也要帶伊們來這趣玩。」後來帶她去坐內湖美麗華的摩天輪，車廂才剛往上轉，她就從椅子上移坐到地板，我叫她坐起來，她不肯，嚷著說：「我會乎你害死，坐這高，摔乎死。」摩天輪轉回地面後，她又忘了不久前的抱怨，告訴我說：「下禮拜你哥若來，帶孫子們作伙來這趣玩。」有一年我們常逛的台北市動物園，旁邊新開了間 zoo mall，裡頭有一棟兒童室內遊樂場，我買票帶阿母進去坐了專門設計給小朋友坐的不刺激的雲霄飛車、不恐怖的墜落機、不激烈的旋轉杯，我阿母居然玩得開心極了，一直笑到合不攏嘴，玩到人家營業時間結束了都還不肯回家。我後來便常帶她去圓山的台北市兒童樂園，在一群爸爸媽媽和小孩的歡樂氣氛中，三十三歲的我帶著六十七歲的阿母，跟著小朋友排隊，坐小摩天輪、小碰碰車、小旋轉木馬，眞是不知老之將至云爾，——都說老人家返老還童，看看我阿母，這話一點兒不假。

要碰上特別節日，那可不得了，鄰居的阿嬤們不知怎地都會搶先一步知道消息，我阿母便在前一天通知我：「八樓的阿嬤明仔日要帶我去看扒龍船，電鍋內有炊好的肉粽，你中午自己吃。」便一票人相約到大佳河濱公園看划龍船去了。不過大多時候還是我陪她亂逛，比方說元宵節必定要到中正紀念堂看看花燈、擠擠潮水般的人龍，我阿母每年一定說：「比北港的花燈好看。」要是臨到過年，肯定要去逛逛迪化街，胡亂試吃一通，再多少買些牛肉乾、開心果、大瓜籽，最後才好不容易從人群中甩脫出街來。如果遇上雙十節，國慶煙火恰巧又在台北，我們便會出現在五號水門的河邊空地，和大家一樣擠坐水泥地上，有一年正在等著煙火開始，我阿母忽然把手伸過來，牽起我的手，我問她幹嘛？她說：「你查某朋友可以牽你的手，我就勿勢牽你的手喔？我，你老母呢！」然後就這樣，手牽著手看完那年的國慶煙火。

從此之後，我和我阿母便總是手牽著手，從這裡逛到那裡，以後也會這樣一直逛下去，逛我阿母怎麼都喜歡的台北城。

我和我阿母的海邊之旅

海邊也者，淡水也。

我阿母平居雖也偶爾和鄰居阿嬤們上上市場買買菜、和公寓老人們麻雀般窩擠在公園樹蔭下閒嗑牙，但大部分時間總是一人獨自在家，看電視、睡長覺、恍出神，很是無聊。好不容易盼到我假日不用上班，可以帶她四處遊逛，心情自然大不似平日，漸積久習的頹墮委靡之氣登時一掃而空，臉容亦即刻顯露出紅潤飽滿之色，連平時不太靈光的言語都變得慷慨俐落起來。——由此可知，遊玩並非單單有利於幼兒，老人亦殷殷盼望如久旱之望雲霓，只是老人限於教養，不便表現出來而已，好在我阿母並無此困擾，因她老人家是無時無刻不將其內心喜悅淋漓盡致地表現於外。

我們母子倆假日遊逛之處，起先多是路途較近的台北城內景點，後來我阿母行過百里路逛遍台北城之後，漸漸有了「越遊越遠、越遠越險、越險越奇、越奇越有趣」的勇氣和興致。而所謂遠者，就是離開台北城，再往台北縣逛去；所謂險者，乃路途稍遠，已然考驗老人家的膀胱耐受力，況且憋尿有傷腎危身之險；所謂奇者，無非景色絕麗，前所未見；所謂趣者，乃路途迢遠，非一日不能盡遊，絕不似在台北城內經常半天便打道回府，歡樂時光何其短暫，我阿母難免遺憾。

長途遊覽北縣，雖說我阿母頗愛往三峽市區尋訪我大哥、抱抱孫子，再往清水祖師廟，和假日人潮摩肩接踵，排隊買牛角麵包、吃山泉水豆花、大啗紅麴肉圓；也愛往三峽郊區滿月圓，賞看途中滿山遍野五月雪色桐花，再買票入園，即使腳力僅能勉強爬上一小段，亦感其樂融融；又愛往烏來賞春櫻，看紅綻枝頭、落英繽紛，乘小火車至景區仰看高瀑飛流直下三千尺，亦覺快哉，雖因高血壓泡不得溫泉，卻絲毫無損大啖竹筒飯、小米酒等泰雅族山產美食之雅致；也愛到我們住家附近的深坑吃臭豆腐、逛老街，然後一路穿山北上，至平溪買放天燈、逛礦區博物館，再往福隆赤腳泡海水、吃鐵路飯盒、登上靈鷲山飽覽海天漫漫；也愛乘車翻過陽明山至金山老街，大啖鴨肉，飯飽後再轉往朱銘美術館與太極青銅像合影，偶爾也上法鼓山虔誠朝拜；也頗愛自金山西行萬里，至富基漁港吃海鮮，賞看「秋水共長天一色，落霞與孤鶩齊飛」之景，再至三芝源興居、李天祿布袋戲館隨意瞧瞧。

雖說如此，但我阿母還是最愛她的「海邊」，淡水。

我阿母之所以偏好這個她老講成「鹽水」，最後寧願自個兒發明一個詞「海邊」以替代之的淡水，應該有很多原因，身爲兒子的我猜想，或許是因爲我們常去的地方大多得開車才能方便抵達，唯獨淡水不用，不想開車還有捷運可效勞，不似其他地方得公車三轉五轉、千等萬等。所以每當假日我阿母問我說今天去哪裡玩時，倘若我回答，今日很累，不要去太遠啊。我阿母必然閃過幾個念頭，要是在近處玩，半天就結束，肯定不過癮。但自己小孩累了，得體諒一下平日上班辛勞，不能強人所難，所以思前想後，她老人家突發奇想說道：「到海邊！」因爲到淡水不用辛苦開車，又能玩上一整天，無疑是兩全其美的好法子。當然，我阿母偏愛淡水，實在也因爲淡水好玩，其他我們常去地方能有的東西，淡水都有，淡水有山、有海、有河、有樹、有美食、有人潮，還有隨處可見的廁所，簡直就是人間天堂。

所以我和我阿母到淡水玩的次數已經多到數算不清，保守估計也有數十回，說不定可能超過百回了。早先我們去淡水，因爲開車，所以會去較遠的地方，好比今日鮮少人去的沙崙海水浴場、忠烈祠、滬尾砲台等，無一不到；但後來常搭捷運去，我阿母腳力還好時，我們會從老街一路走逛至紅毛城，再走上眞理大學、淡江中學和小白宮，然後拾階而下，返回老街。而當我在景點激發思古之幽情，懷想往日外國勢力殖民情景，或馬偕醫師對台灣醫療、教育的貢獻，或只是單純想像周杰倫拍攝《不能說的秘密》的情景時，我阿母總在身旁邊走邊抱怨道：「我父我母（父，音ㄅㄟˊ，尾音必得升高且延長，情感必得誇飾張揚），走這遠，我給乎你害死！」這話看似抱怨，實則還有老人家自己給自己打氣加油的意味兒，要不，若我回答她說：「那好，我們下次不要來了。」老人家會緊張兮兮地回說：「不要，誰講不要來！」我接著說：「你不是講走足累耶！」老人家會辯解道：「累，也是愛走，你不知，老若無走，以後就眞正走未走呢！」後來我阿母年紀漸大，腳力已經不堪久行，腳程便縮短，頂多走到老街底，便不再往上走到紅毛城了，替代方案就是改搭渡輪，逛逛新興景點的漁人碼頭、出海口等地。

我和我阿母長期在老街遊逛，對於常人愛吃的阿給、鐵蛋、酸梅湯，已經吃膩到連看都不想看一眼了，頂多只是擠進三協成餅鋪，回味回味一下這家口味。因爲頭一回我和我阿母意外逛進此店時，發現店內有十數種好吃糕餅切成細塊免費供人試吃，還提供熱茶飲用，我阿母知道是「免錢」後，便大剌剌站定桌前將每種口味都各試食一片，認眞謹愼之模樣猶如皇太后品嚐宮中各式珍果一般，待逐一嚐遍，再飲上幾盅熱茶之後，這才心滿意足地腆著肚子走出門外。（此店之慷慨厚道，在於客人飽食一頓卻兩手空空出門，主人從不見怪，其宅心仁厚可想而知。）這也難怪我阿母一走出門口，就忙著對人大聲說道：「緊來緊來，這間有夠好，試吃攏免錢！足好吃耶！」有時我阿母在老街走時也喜歡稍坐河畔椅上聽人唱歌（特別有一盲女歌者，其歌聲蒼茫極矣），雖然老人家聽不懂國語，但卻喜歡走向前把零錢丟進小費筒中的感覺，尤其喜歡情不自禁地站在筒前大力拍手叫好；有時我阿母也喜歡給河畔邊的街頭畫家，畫上一幅畫，拿到完稿之後經常望著畫像，抬頭對我說：「你看你阿母有美沒！」我會大表讚賞之意：「眞正是美姑娘！」有時我們也會坐在露天咖啡廳緊靠河畔的椅上，邊喝咖啡邊賞看著來來往往的遊客；只是我阿母不耐久坐，或許覺得良辰美景不應該在靜坐中流逝，必得趕忙往下一站遊去，不過她已然不堪久行，這時候只得改搭渡輪續遊了。

淡水渡輪航程早先僅通八里，如今已四通八達，北至漁人碼頭，西通八里、紅樹林，南亦可達大佳河濱公園，甚至連迷你郵輪都趕來共襄盛舉，將淡水水運交織地格外熱鬧繁忙。我們母子倆若搭船至八里，必吃佘家孔雀蛤，這是我阿母百吃不膩之物，早先先父在世時我們亦常全家來吃。吃完孔雀蛤，偶爾買個雙胞胎，坐在碼頭邊配彈珠汽水。後來八里碼頭整治一新，和原先髒污簡陋簡直不可同日而語，我阿母也曾在新闢河畔遊樂區，和小朋友們一起挽起褲管，開開心心地下河灘玩沙丘；有次也曾租了一台協力車，載著我阿母一路從碼頭北上，經紅樹林保護區、八里污水廠的巨大水泥槽，抵達十三行博物館。我阿母走進博物館，了無趣味，因爲不識字，一頭霧水，好不容易逛出來後吃了一條路邊攤的烤香腸，這才又恢復了生氣；也有好些次，我們搭船至漁人碼頭，吃漁產中心二樓的活海鮮，後來再去時竟全都關門大吉了。我和我母在大橋上、碼頭邊，看著船檣棋布、長空朗朗，竟感覺到絲許滄桑。還有一次，巧遇一對中年夫妻拍婚紗，妻子身軀萎縮癱坐輪椅，先生手推其後，各自精心裝扮。我阿母問我說是怎麼回事，我打聽後方才得知，這位先生之前曾帶著罕見疾病的妻子環遊台灣一周，如今趁妻子身體尚好時，兩人再重拍一次結婚照作爲紀念。我轉告我阿母之後，我阿母便問我說：「以後我若是坐輪椅，你敢會替我推輪椅？」我斬釘截鐵地說：「當然也是會啊！」

我們母子倆在淡水遊賞好一段時間後，我的朋友恰好也在淡水開了家書店，名喚「有河BOOK」。所以此後去淡水，必然要順道拜訪一下這對夫妻。書店藏身於河畔商店街二樓，得爬上一道窄陡階梯，每回當我阿母站定陡梯前，抬頭仰望，無不搖頭哀喊：「我父我母，爬這高！我會乎你害死，我會乎你害死。」等手腳並用爬上書店後，我阿母坐在椅上喝她愛喝的黑麥汁，我則和朋友盡情閒聊。——這時候，若是我們才剛到淡水就直接上到書店，她喝完黑麥汁了，勉強等了一會兒，又勉強看了一下滿牆看不懂的書，她就再忍不住了，便開始嚷著要去玩了；要是我們已經先玩回來再上到書店，她喝玩黑麥汁，人也累了，也會趕緊催促要回家休息了。——所以每回到書店來，我們總是來去匆匆，我阿母更是恨不得能不上來，就不要上來。

有一回我們又從書店下來，準備走到捷運站搭車回家，恰好遇上河畔空地旁新設了一座小馬場，裡頭有一隻大馬和一隻迷你馬，我阿母心血來潮忽說她想試騎看看。我猶豫了一下，因爲怕危險，但禁不起我阿母再三糾纏最後答應了，便付了兩百元讓她騎上迷你馬繞行兩圈，男馬伕攙她上馬後，才剛走沒多久，我阿母已經嚇得坐不穩身子，傾斜了一大半，幾乎就靠在隨行的馬伕身上，好不容易繞完一圈，她就嚷著要下馬了。——由此可知，我阿母還有「憨膽」，年紀一大把了還敢挑戰新鮮玩意兒，這當然顯示她的意志還頗爲堅韌、強健。

我阿母下馬之後，我想讓她坐在河畔椅上先休息一下，並不急著回家。在我們身後有大批遊客來來去去，因爲相隔三、四十步距離的關係，好像匆忙擁擠與我們無關似的，我們倆只靜靜地望著太陽從觀音山頂緩緩沉落，兩岸山巒漸漸染起一抹抹嵐煙，天空開始潑墨霞彩金光，關渡大橋漸被暗影隱去，橋後的城市開始有了點點燈火蔓延開來，大塊大塊的海風從淡水河盡頭夾帶濃厚漁腥味拂過鼻尖、髮絲、衣襟，腳邊下傳來一波一波潮響，魚龍小船繫綁岸邊石碇的纜繩也隨之起伏咿啊作響，——我阿母很難得沒說任何話，興許是因爲騎馬嚇壞了，興許她領悟了什麼天地的奧秘也說不定。

然後，我們靜靜回家了。

回到家後，我忽然想到，我阿母之所以百遊淡水不膩，會不會還有一些原因我疏忽了，那是先父晚年時，我們總是三個人一起來的，但如今卻只剩我們母子倆。所以會不會每回當她來淡水時，其實她心裡頭眞正懷念異常、喜愛異常的，還有父親，而不單單是景色而已；會不會每當我們兩人結伴來遊時，她心裡頭其實感覺是三個人一起來的；會不會當她吃著父親生前也愛吃的孔雀蛤，其實她心裡頭覺得也在幫父親吃。

雖然我阿母熱愛嘮叨，但這些她卻絕口不提。或者說，不懂得提。

後來又到了假日，她會如往常問我，今天要不要去海邊啊？若是我說很忙很累，不要去好不好？她當然會很沮喪，但後來沒想到我阿母又發明了新問法，她會很關心、很貼心地問說：「今仔日咱們來去找你朋友好否，是你開冊店的朋友喔！」她說的自然是淡水的「有河BOOK」，我當然知道她不愛去那裡，但爲了去淡水，她寧願犧牲都沒關係。

——可見，我阿母是多愛淡水啊！

我阿母一周兩遊烏來小記

上個禮拜，想帶我阿母至烏來搭小台車，遂將車往新烏路開去，沿途有多家桶仔雞、甕仔雞專賣店，門口埋設數個大小土竈，竈底嗶嗶潑潑旺燒著柴薪，飄蕩著陣陣香氣兒。想我阿母嗜雞成癖，索性就找了家店停下，走進瞧瞧。想不到我們走進的這家，裝潢簡單俐落，三面敞開，沒有冷氣，四方形木桌下各有一台矮腳電風扇，炊煙漫騰，香氣四溢，頗似武俠小說中客棧風味。我和我阿母尋了一張椅子坐下，如果隨身帶把劍或刀的話，此時擺放桌面，然後喊一聲：「店小二！」這樣就更有武俠風韻了。店小二拿上菜單一看，登時一驚，一隻小不溜丟的烤土雞居然要價六百元（物價飛漲也太誇張了吧），我阿母還不明究裡在一旁興奮異常地吩咐趕緊點菜，我氣勢頓減，只能小心翼翼問店小二，可以不可只吃半雞，店小二直接答道：「沒賣半隻！」也罷，既來之則安之，就豪情一點，「來一隻雞！」另再點了一根香菇竹筒飯與一碗竹筍湯。過一會兒，飯和湯早上來，也淅哩嘩啦吃淨了，桶子雞猶不見蹤跡。只是老人家最不耐等候，只見我阿母神情逐漸扭曲起來，咕噥道：「這久還未來？」我趕緊走去問老闆，老闆說都是按照次序，他寫在黑板上，不會錯的，很快輪到我們了，再等等些云云。我阿母按捺住性子又等了一會兒，結果居然讓我阿母發現比我們晚到的客人已經上了雞，她老人家火氣就上來了。——我退後一想，發現民氣可用也，便把刀劍霍地拿起，——喲，不是啦，是咱家不鏽鋼筷子拿起，逕赴櫃台結帳，說：「不吃了！」老闆仔細陪著小心，我忍不住同老闆發一頓牢騷，「上菜太慢，又不講（江湖）排行次序！」順便把一隻雞要價六百元的憤怒全都暗暗加諸指責語氣之中。我阿母當然也不甘示弱，一旁幫腔道：「有這款代誌，慢來的先吃，先來吃無，氣死人！」母子倆同心協力戰勝險惡掌櫃，順利脫逃黑心客棧。

新烏路上接近烏來，有幾處頗似中橫風光，兩岸高山夾一深谷，溪石潔白裸露，林相鮮綠茂盛，公路就在山與溪之間蜿蜒，溪旁有幾家高檔溫泉旅館臨溪而立。我阿母肚餓難耐，又吃了一口悶氣，自然看不進這些風光，直嘀咕道：「要到沒？要到沒？」好不容易總算到了烏來街上，運氣頗好，烏來街入口停車處恰巧有車移走，這就省了我阿母走路時間。趕緊奔到泰雅族小吃店點了一道白斬雞（兩百元而已）、竹筒飯和炒空心菜，囫圇吞棗吃將起來。吃畢，我阿母亂點了一杯小米露，嫌酸不敢喝，便又拿給我喝。待水足飯飽，正要走去搭小台車時，天空忽開始下起雨來，是午後雷陣雨那種，雨勢之大猶如貓貓狗狗自天摔落，劈哩啪啦把地面摔得極響，應和著天上咆哮怒吼的交加雷電，我阿母自然免不了感嘆一番：「我——父我母，下得這哩大！」我們只好躲進一家烤肉店，我阿母自己點了一份烤竹雞，原先我還以爲是候鳥或鴿子之類，不太敢吃，我阿母在一旁頻頻勸嚐，不好違拗小嚐了一口，味道還不壞，兩個人遂同心協力嗑完一隻小竹雞（要價一百元）。又在店裡等了半個多小時，眼看雨勢沒有轉小跡象，我阿母不耐久候的個性又洶湧了起來，兩人就冒雨走向停車場，回家去了。

這禮拜，我阿母一早就說還要去搭小台車，我們便又朝烏來出發。這回因是一大早，也就可以好整以暇地慢慢遊逛，途中看見正在準備升火的甕仔雞店還不忘數落幾句：「慢吞吞，誰要去吃！」到了中途，有一村落叫做龜山，還特地停下車看一眼通往翡翠水庫的橋下，溪邊有許多人穿橘色救生衣聚在那裡，不知是要泛舟還是要漂流，我阿母看一眼就說：「熱死人，緊來去！」眼前通往翡翠水庫的橋是禁止通行，我忽然發現旁邊有一座舊橋，有車子通行，便把車往前開，過了橋，又走一段路，出現一排老舊日式建築，路底還有人指揮交通，再一轉彎，發現許多人把腳踏車、重型機車和汽車停放路旁，正排隊等買東西。這時我們母子倆愛看熱鬧的天性就上來了，我阿母急著說：「阿誠，車緊停乎好，來看咧賣什麼？」停好車，走近一看，原來是賣冰棒，便幫我阿母買吃了一枝芋頭，我自己則吃米糕口味。大家都坐在階梯上吃冰，左邊這群人是來賞鳥的，右邊那群人是來騎腳踏車的，前面那群則是重型機車騎士。我和賞鳥團借了他們手中簡介來看，原來這裡是桂山發電廠，位處南勢溪與北勢溪交匯口，除了發電之外，也自製冰棒發售，只是電廠和冰棒的關連性還頗費人思量？是電解水？還是水質好？還是供電的冰箱溫度穩定？我還在思索時，忽聽得我阿母問一旁的賞鳥成員，問他們來這裡做什麼，等人家回答完後，我阿母很是疑惑地說：「鳥仔有什麼好看，阮們等一下就欲來去吃鳥仔！」我嚇一大跳，趕緊解釋：「不是吃鳥仔啦，是吃竹雞。」我阿母還不死心，說：「鳥仔就是鳥仔，什麼竹雞！」還好賞鳥團的老師很快就把人全部集合帶走，要不我阿母恐怕成了賞鳥公敵。

到了烏來，我阿母因牙齒疼，沒敢讓她再吃白斬雞，便點了一碗麻油麵線吃，她吃了兩口就不吃了，我又得把麵線吃完。吃完後，得爬上約莫三層樓高的月台，準備坐小台車。我阿母膝蓋退化，爬高走下很是辛苦，她邊走還不忘感嘆：「我父我母，爬這高，教你不通來，你就要來。」這話別人聽來一定莫名奇妙，但我是她老人家的兒子，自然知曉這是她抱怨的口頭禪而已。我就同她說：「不然我背你好了！」我阿母就說：「我會驚喔，兩人會不細意係會跌落去摔摔死！」我阿母便這一句那一句不停抱怨起來，可說也奇怪不一會兒也就順利上到了月台，可見那些抱怨的話是她老人家的動力來源。上了小台車，我阿母很是仔細地檢查門邊掛鏈，說要是沒掛好，人會摔出去云云。我說你看外面的風景多美，她說手不要伸出窗外；我說你看溪邊有人在玩水，她說你頭伸出去是不要命囉；我說山很漂亮天空很藍，她說這麼熱熱死人。——這總是我們遊山玩水的奇妙對話。

下了台車，走到新開闢的觀光街上，我阿母直接走進一家飲料店要上廁所，我趕緊阻止她，她揮開我的手，說：「我和師父來好幾次，都在這喝涼的！你就叫涼的來飲就好囉！」原來她老馬識途，早就來過了，害我還大驚小怪她沒禮貌。我點了她愛喝的紅茶鋁箔包，但賣完了，只好爲難地點了一罐檸檬紅茶。果不其然我阿母不愛喝，喝了幾口就像小孩子一樣使性子不喝了。接著又說她要吃冰淇淋，嚷嚷著說師父帶她來兩個人都要各吃了兩三根才過癮。我只好又幫她點了一根瑞士巧克力冰淇淋（要價六十元，難怪我阿母和師父出去玩每回都得花上兩三千元，這不是沒道理）。飲料店後有露天陽台，可以坐著觀看烏來瀑布從上而墜的美景，我阿母坐在一旁舔著她的冰淇淋，我喝我的運動飲料和她不喝的檸檬紅茶，我阿母忽然把極速溶化的冰淇淋推到我面前，說：「分你吃！」我說：「你這個台哥鬼，吃得整嘴涎，才要分人吃！」我阿母頗不以爲然地說到：「啊，你小漢不是吃我的嘴涎大漢耶？」說得也對，我也就直接接下冰淇淋，淅哩嘩拉地舔將起來。吃完後，便拉我阿母站在烏來瀑布前，幫她好生地拍了幾張相，——

只要是拍照，我阿母沒有不喜歡的。

接著又隨意遊逛了一會兒，我阿母就累了，趕緊打道回府。

回到家門口，幾個鄰居老人坐在扶梯上，看見我阿母，就問去了哪裡啊？我阿母回說：「阮子帶我去烏日趣玩啦！」我趕緊修正說：「是烏來啦！」結果烏來的台語頗難唸，我唸得好像不太道地，一個阿嬤聽成了「烏別來」，另一個阿嬤趕緊說：「是烏來仔。」大家就七嘴八舌討論起來。我和我阿母進到電梯，只聽見她還念念有詞，說道：「眞正是說不直哩，說去『烏日』講整午，還聽無！」

其實，烏來也好，烏日也好，甚至是烏來伯也好，只要是我阿母能開心，哪裡都好呢。

我阿母的周六陸海空小遊

連續幾個周末，一大清早我阿母就得陪我到學校趕寫論文，我在辦公室盯著電腦螢幕賣力打字，我阿母則在校園四處閒逛，有時跑進禮堂參觀學生社團表演，有時坐在菁櫻台上賞看春光，有時窩在車後座囫圇躺睡，有時則跑到警衛室和警衛先生聊天、看電視，有時跑進辦公室坐在旁邊的電腦前亂按滑鼠一通說她也會打電腦，有時就躺在辦公室裡我爲她排好的椅床上小睡片刻。捱到中午，爲補償她老人家辛勞，不是特地帶她吃日式料理、就是吃吃何首烏養生雞餐、要不就是往百勝廚吃吃新加坡美食，尤其後兩者都有香潤柔軟的烏骨雞和海南雞肉，我阿母在百無聊賴的陪寫之際，總算露出滿意的笑容。

這個周末，早上下了雨，忽又止住，我阿母一早就問今天中午是不是還吃烏骨雞？我同她說今天不到學校去了。她喜出望外，猛嚷嚷著：「沒欲去學校！沒欲去學校！這樣欲去哪趣玩？欲去哪裡趣玩？」我手頭還有去年參加台北市旅遊文學獎比賽的獎品（得獎文章當然是〈我和我阿母的台北日常之旅〉啊）——藍色公路船票四張，想到也許可以帶我阿母去坐坐船，便同我阿母說：「咱們來去坐船！」我開車到達士林大佳河濱公園，停妥車，穿過偌大綠地和溜狗的人，到達碼頭時，只見賣咖啡和花枝丸的攤販，碼頭邊的遊船停泊在河邊，冷清異常，看起來已經很久沒營運似的，趕緊四下找找是否有賣票的地方，結果賣票的貨櫃屋早已關門大吉，看來眞的是已經好一段時間沒營業了，我同我阿母說：「船啊，已經倒店囉！咱們來去別處趣玩！」我便牽著我阿母走回停車場時，我阿母嘴裡喃喃有詞：「船好好停在那，哪會倒店，你會曉駛車，不曉跳入去給船駛乎行就好囉！」

車子轉出大佳河濱公園，我想到可以到松山機場旁看飛機起降，遂開進濱江街小巷內，附近已經有些人圍觀，停好車，我阿母看到矮籬笆遠處停機坪裡的飛機，直喊：「呼，這哩大架！」我告訴阿母說：「等一下飛凌機，會從你頭頂飛下來，那才厲害！」結果等了好久，飛機一直不來，和以前五分鐘內一定會起降好幾班差很多，我猜是因爲高鐵讓航班減少的緣故，我阿母在一旁直追問：「那這久還沒來！」好不容易終於降下一班，迫近頭頂時，我阿母趕緊拉著我要我蹲下，一邊在隆隆飛機引擎聲中大喊：「若去呼撞到就壞囉！」

看完飛機，原想再帶她到美麗華坐摩天輪，沒想到車才剛接近，我阿母抬頭一看高聳的摩天倫，腿就軟了半截，直說只要坐小一點的就好了，我只好把車開往圓山兒童樂園，我們兩個在裡頭坐了兩回碰碰車、一回小摩天輪、一回小火車和一回旋轉木馬，我阿母在小摩天輪裡頭說：「這樣不是同款，這較俗，又較安全呢！」

到了傍晚，我帶她到中山足球場邊際商店宜蘭滷之鄉，吃滷肉飯、米粉和滷味，吃完後約莫六點半，準備打道回府，我阿母突然想進到足球場瞧瞧，一走進去才發現今天七點居然有比賽，是中華隊對柬埔寨隊，我阿母心裡一定是不想那麼早回家，就說她想看比賽，我們席地坐在觀眾席上，吃了一包乖乖、喝了一瓶礦泉水，好不容易捱到七點，兩隊開始踢起球。我阿母看不懂，就埋怨說：「一粒球踢來踢去，伊們也歡喜？」自然每次我開始有了興頭，她就吵著就要回家了，只好又開車載她回家去囉。

回到家，我阿母喊累，洗完澡沒多久就睡了，我回想今日行程又是坐船（雖然沒坐到）、又是看飛機（雖然沒坐）、又是看足球（雖然沒下場），勉勉強強稱得上是陸海空的周末之旅啦。

游於戲

老人家平居無事消閒，靜則愛聽聽廣播、看看電視；動則喜散散步、甩甩身子，偶爾七嘴八舌聚在樹蔭下說長道短，要不就攜老扶幼上傳統市場討價還價。我阿母自然也愛極這些，不過那是她和老人家們的共同活動，要是輪到我帶她出去玩耍，她可一點兒不樂好此道，總嫌太過老氣，反倒淨愛玩些刺激的遊戲。

所謂刺激云云，自然不是年輕人口中的雲霄飛車、自由落體、三百六十度翻滾之類的驚險遊戲，別說像我阿母那種年近古稀又毫不免俗地懷抱諸多老人病的長者，連我這種身強體壯的少年仔逐回坐下來也是腿軟得厲害，日甚一日，要讓老人家不小心坐上去了，難保呼吸還會順暢、心臟還能撲通，這就不叫刺激，而是送命。通常老人家這點智慧都還清明充足，絕不輕易以身試險，單看我阿母和我到六福村去，途經美國大西部發現從空而降的大怒神和在半空中翻滾的飛天神鷹，我阿母瞪直了眼，波浪著頭：「我父我母，別人不要命，咱們要顧性命才巧。」然後我們兩個就去旋轉咖啡杯旁找乏人問津無人排隊的小小的摩天篷車，小心翼翼地擠在裡頭像逃避過一場災難似地享受樂園的歡樂。

會讓我阿母樂此不疲的只是一台台小機器。有一回，我們母子倆又逛到士林夜市，照例吃了花枝羹、大餅包小餅和蚵仔煎，摸了摸待售的小貓小狗，興致盎然地隨意瞧賞，意外踅進「都會叢林」的地下一樓，只聞轟隆樂聲此起彼伏、充塞耳際，我阿母和我在一群年輕人的笑鬧聲中，曲曲折折尋找縫隙穿梭前進，跳舞機、格鬥機、賽車、射擊等電玩排滿整個地下室，我阿母目不識丁，要玩電玩有一定難度，尋尋覓覓之後，遂找了一架賽馬機，我和我阿母各跨一頭假馬，旁邊另有兩頭供他人驅馳，比賽開始，眾人必須手持韁繩，拉起馬頭前後搖晃，馬兒在螢幕裡才能銳不可擋、勇往向前。只見騎士們高彎脊項，腳踩馬鐙，前傾後仰，奮力馳騁，不一會兒便上氣不接下氣，我阿母在一旁邊搖邊笑邊喘，好不容易抵達終點，一下馬我阿母就說：「我會乎你害死！呵呵呵，險險喘死，呵呵呵。」等我阿母喘過氣來，我們已經來到另一台機器前，我阿母叫我投幣玩看看，沒想到這一玩日後就上了癮。

姑且讓我們稱這台機器爲「飛碟機」。投幣後，膝蓋前孔洞會落下一枚扁圓形塑膠餅，取放至面前的平台上，音樂響起，我阿母和我各自拿起一個像大圓形印章的器具，隔著平台對面而立，平台上有一股風會讓塑膠餅自由遊走，我阿母覷妥乘風欺近的塑膠餅，奮力揮動手中的大印章，鏗鏘一聲，急速朝我手邊下的縫隙鑽來，好在我眼明手快，擋了下來，順勢又推了回去，電一般閃近了阿母手邊的縫隙裡頭，得分，一比零，我阿母忽然樂起來，低下身子拾取落在膝蓋邊的塑膠餅，重振精神，猛點著頭道：「啊好好好，這次參你拚輸贏！」然後我阿母就在簡單的推擋之中得到無窮的歡樂。——當然，這裡頭還得有一點點體貼的心意才行。

我阿母的兩個外孫女雅慧和怡婷就不懂這種體貼。偶爾她們會從台中來台北度假，免不了又是陪我阿母到處吃喝玩樂，家附近的動物園 zoo mall 二樓恰巧也有一台飛碟機，我阿母瞧見了便興高采烈地叫我趕緊換錢。我因常玩，遂叫姪女陪外婆一道玩，只是小孩機伶，哪是老人笨手慢腳所能趕上，只見我阿母自家城池頻頻遭攻陷、一再失分，臉色也就益發沉重，最後居然不想玩了。我一看情況不對，趕緊接手，讓阿母攻得一分之後，她老人家臉色才逐漸由蒼白轉爲紅潤，原先下陷的嘴角也逐漸有了笑容。當然，這種放水不能一面倒，否則我阿母就會說：「你那這哩沒路用，再來！再來！」經由不斷實驗證明：攻一回，放水三回，讓比賽有來有往、有得有失，才是保持我阿母旺盛企圖心的最好狀況。小孩子哪懂得這番道理，一味搶攻奪贏，早壞了敬老尊賢的美德。只見我阿母從我手中頻頻達陣，樂不可支，推擋間又攻得一分，她老人家暢不可抒，仰首縱聲大笑不止，忽然一股腦兒往後傾倒，倒在平台後面不見人影，我和大姊、外孫女大吃一驚，迅雷趕到對面，以為發生什麼樂極生悲的事兒，只見我阿母倒在地上，雙手抱著肚子大笑不停：「呵呵呵，哈哈哈哈，呵呵呵，哈哈哈！」連話都說不出來，我和大姊趕緊把她攙扶起來，她還兀自上氣不接下氣笑個不停，——都說老人家容易滿足，看看我阿母，這話一點兒不假。

飛碟機固然是我阿母最愛，但除了享受老人家難得的刺激爭戰外，實無法提供多一層的深意，也因此當我阿母在景美夜市發現另外一款機器之後，隨即嗜愛成癮、流連忘返。

景美夜市的三分之二段處，原先有一攤位專販仿冒運動名牌衣褲，我阿母也不知所謂名牌云云，貪了便宜好看，就幫我買了好些件T恤，我亦無所覺隨手從衣櫃取出穿上就到學校教書，課上到一半，有學生忽然舉手：「老師你衣服上的英文怎麼不是PUMA，而是POMA？」待其他學生細察看出，個個捧腹絕倒幾欲殆斃，當時我還得故作正經解釋道：「這可是我阿母買的，媽媽的愛心最重要，管他是什麼MA！」後來這家攤商許是遭人檢舉，消失得無影無蹤，原先擁擠的店面改賣女用包包，遂門可羅雀起來，倒是斜對面原先擺些撈金魚的路牆邊店面，改頭換面置辦了二十多台小機械，一時吸引許多人蜂擁蟻聚，——而這便是日後我阿母另一個樂趣所繫。

起先我們玩的是店左側的這十台小機器，投進十塊錢，會有十顆小鋼珠落在膝前鋼盒，每回取一枚小鋼珠投入右上方的孔洞，台面上紅燈開始閃爍，咿咿啊啊，電子單音開始急速響起「天黑黑欲落雨，阿公仔持鋤頭欲掘芋……」，按下左手邊腰前的紅鈕，音樂停止，紅燈暫停，台面上顯示得獎倍率，有二、四、六、八、十倍，一顆大彈珠會從困住的小鐵柱落到跑道上，只消用右手拉下拉柄，放開，彈珠便向上衝去，向左大彎，落入密密麻麻的鐵釘陣中，東碰西撞，最終抵達一條條孔道中，若孔道前有紅燈亮著，便是中了彩，鋼珠會又從膝前鋼盒落下。說穿了，其實就是兒童版的柏青哥小鋼珠。我阿母玩起這個，倒也投入不深，經常五十元就可以玩很久玩不完，已經快用完小鋼珠了，一會兒又中彩得了許多。

我阿母猛力拉著拉柄，一邊對自己打氣：「啊好，攏未著，和伊拚囉！」忽然驚覺右手邊另一排機器前已經坐滿小孩，後邊還擠滿小孩的父母親，我阿母回過頭來問我：「阿誠，那邊好像卡好玩，咱們那邊玩。」不料這麼一換，我阿母晚年生活居然找著了另一個大樂趣。

我阿母一看有兩個空位，急忙過去佔位，回頭叫我過去時，半路閃出一個小孩作勢就要坐下來，我阿母趕緊用手壓住小板凳，說：「這是我兒的位。」小孩不管，一屁股坐了下來，兩個人就吵將起來，是的，沒錯，一個老人家和一個三、四歲的小孩當場吵了起來，我，和小孩的父母親及時出現化解了一場僵局，我告訴阿母說：「讓乎囡仔先玩啦！」我阿母還老大不情願，口中念念有詞，「那是我先佔到的呢！那是我先佔到的呢！」老人家，囡仔性，就是這樣。這款遊戲和原先的彈珠台同一模樣，只差在投入鋼珠改成投一元硬幣，中彩原先吐出鋼珠變成吐出一張張小票券。我阿母看見一張張吐出的票券，居然樂不可支，經常拍我的手：「你看！你看！又出來了兩張喔」、「喔！你眞沒路用，得票得這呢少！」而這些票券最後可以累積起來，兌換綴掛牆上琳瑯滿目的兒童玩具，我們換了小遙控汽車和旋轉釣魚台，我阿母開心地說：「送乎你阿兄的那兩個兒子，我的金龜孫子。」

從此之後，會吐票劵的彈珠台就不再只是一台彈珠台，而是會讓我阿母充滿刺激感的遊戲，更是她老人家表現祖母慈愛的來源，也於是她特地弄了兩個撲滿，一天到晚檢查我口袋的零錢，統統都要拿到撲滿去，等哪天存滿了，她就會嚷嚷著說：「阿誠！豬公滿囉，咱們禮拜六去夜市打電動吧！」

當然，這自然也是父親故去之後，我阿母眞正最開心的一件事。

我阿母暑假後第一遊

二〇〇八年暑假，我大多時間人在國外，從北京回來，因颱風滯留香港，淹留一日方才順利返台。我阿母不知怎地，竟心有靈犀似地也從大哥住處自個兒偷跑回家，我拖著行李剛進家門，就瞧見她老人家蹲坐在客廳沙發旁整頓行李，回頭望見我，驚喜交錯，登時喜極而泣，邊流著淚邊委屈說道：「去那久，攏不知，我足想你呢！」此時作爲兒子唯一能做的事，就是趕緊拋下行李，衝向前去，給她老人家一個緊緊的擁抱，然後又是摸臉又是揩淚，說道：「喔，嘸甘，嘸甘。來，惜惜耶喔！」摟摟抱抱要不了多久，我阿母不多時就能破涕爲笑了。

昨晚又去了景美夜市小玩一回小彈珠台，之所以小玩而非大玩，實因周末晚上小朋友人山人海，擠得我阿母頗不痛快，半個時辰不到就嚷著要回家了。回家途中，在某攤肆前我阿母忽說她要一副太陽眼鏡，我問攤主人價格，覺得合理，就幫我阿母挑了一副白色大魚目狀太陽眼鏡，頗似時下明星款式，很是招搖，我自個兒是一定不敢戴的，不料我阿母居然喜歡，還捨不得取下。我付完錢，牽她回家，一路跟她說：「沒人暗時會掛這款目鏡，敢未暗眠矇？」只聽見我阿母說：「未也，足光耶！」我跟她說：「人家會以為你是青盲。」我阿母斥責我說道：「切，黑白講！」

隔天一早，我阿母就戴著藝人眼鏡，搭我的車一路招搖，上北二高至汐止轉中山高，再至八堵轉瑞濱快速道路抵達東北角海岸。昨晚我阿母嚷著要去海邊看船吃海產。以前我們凡是吃海產必到基隆碧砂漁港，點買活海鮮如紅蟳、海瓜子、活蝦、旭蟹、紅甘、石斑、透抽、大蛤蠣等，再交餐廳料理，一道菜工費一百元，近來漲價至兩百，頗不合理。於是決定今天暫不去碧砂漁港吃食，而改將車開往深澳電廠前的蕃子澳小漁港，在漁港前一家名喚阿華沙魚羹小吃店停下，點了招牌羹、魚卵、透抽、油豆腐和滷肉飯等，我阿母興沖沖吃完，我跟她解釋說旁邊的船是海釣船，釣客正整理釣竿云云，還來不及跟她指說前方空闊海景如何漂亮，海景背後美麗的山景正是曾去過好些回的九份和金瓜石，——我阿母便搶白說道：「那沒吃到海瓜啊子？」我正想回答，我阿母又說：「我欲看大船，你帶我來看小船啊？」我只好回說：「人家沒賣我也沒辦法，欲看大船就慢慢啊來啊。」

吃飽後，將車往西開向基隆，至八斗子，看見每回都會望見的山上龐大住屋群，一轉念，不如繞上山吧，遂將車往山上開，果然有大區域之高樓住宅，商店林立，頗自給自足。在一國小旁便利商店前停車，領我阿母在店內附設座位上點喝咖啡，悠閒賞看街景。我阿母上完廁所，一嚐杯內咖啡便碎碎唸道：「沒甜沒味，苦底底，我不要喝！」我當然要堅持立場，說道：「你不通喝太甜的！」還一邊以忘情之狀示範喝咖啡說道：「足甜耶！」我阿母聽完以為我的這杯較甜，提議要交換咖啡，我說好，等拿到我的之後，嚐一口就吐舌搖頭說道：「你給我騙，同款沒甜沒味！」她便嚷著要喝思樂冰，我說不行，她無可奈何，只好勉強喝完。

出便利商店，車子亂轉，竟轉至槓子寮砲台。我和我阿母常到基隆，好些個砲台很多人沒去過，我和我阿母都去過了，基隆港東邊最著名的海門天險自然是去過，海港西邊白米甕、大武崙砲台也去過了，也不是特地要去參觀砲台，而是來基隆太多遍了，莫名其妙亂逛就逛到了。我阿母倒也始終如一，每回逛砲台的心情從未曾改變，當我把車停在槓子寮廢棄營房旁，她就如往常一般嘀咕著：「全破厝啊，有啥好看？」我叫她坐在房舍樹蔭下等我，我上去看一下，看山路上頭還有沒有砲台。她急忙跟了上來，氣喘噓噓說：「你給我一個人放在這，不驚我乎壞人抓去喔！」同走了一小段路又是廢棄營房，我阿母就堅持不讓我再往上探尋了。

車子下山時，特地轉進一旁的慈善寺看看，見比丘尼兩三名在精舍前榕樹下乘涼，一旁衝出猛犬五六隻繞著車子狂吠，想是戒盜犬，便微笑地和比丘尼匆匆合十致意便將車頭轉出。再往山下開，經二信中學，接祥豐街已是平地，進入基隆市區了。車右旁已見基隆港區，幾艘大貨輪泊岸正在裝卸貨物，我跟我阿母說，上個月就是坐這種船到日本去（陽明海運舉辦「台灣海洋文學獎」的獎品之一，貨輪隨行體驗）。我阿母說她也要坐。我說不行。她問爲什麼不行。我不知道如何解釋才好，便胡亂找個理由搪塞，說你會暈船。她老人家頗以爲然，說：「也有影，我就沒在笨，暈船會吐呢，吐到歪哥俴烑。」

我將車子開進文化中心旁的地下停車場。和我阿母走至廟口夜市，因我們倆肚子還挺飽，不可能再吃一回舒國治介紹的十九號滷肉飯攤，可我阿母直嚷著要吃冰，但泡泡冰前已經人滿爲患，又沒地方可以歇腳，便走至前方一家冰店，點了一盤紅豆芋頭雪花冰，我趁著我阿母不注意時迅舀猛吃，爲的是讓她老人家不要吃太多甜品也。之後又胡亂逛了一下廟口攤肆，下午四點多，便打道回府了。

晚上六點，因與日本好友高松雄生有飯約，臨出門前，我阿母躺在我新買給她的白色沙發上，歪著頭對我說：「啊，你欲出去囉？」我答是啊。她接著又說：「你出去，我又再沒伴啦（尾音細而高且長）。」聽阿母這樣撒嬌，作爲兒子只能心甘情願地說道：「下禮拜我再帶你去趣玩啦！」登時我阿母喜形於色，嚴正說道：「我沒叫你帶我去趣玩，是你自己欲帶我去去玩的喔！」然後揮揮手，叫我趕緊去，不要遲到了，晚上早點回來喔！

我阿母的元旦假期

二〇〇七年最後一天，我阿母不知從何得來小道消息，吃晚飯時追著我問：「阿誠啊，我聽人講，今仔晚一扣一有放煙火！咱兩仔夜晚來去樓頂看邁。」我知道我阿母是撐不過晚上九點就已經愛睏的人，當下胡亂敷衍一番：「好啊，好啊！」吃完飯，約莫到了八點多，窗外山腳下忽然有人迫不及待放出自備的煙火，碰碰碰，炸出好幾聲，我阿母趕緊走近落地窗前，夜空中零零落落爆出幾朵煙火，不一會兒就停了，我阿母搖搖頭，鬆了口氣似的，說：「哪有什麼好看，寒死人，較早睡較有眠，阿誠仔，我要來去睡囉！」

一〇一大樓煙火盡情綻放時，我家樓頂難得擠滿了人，左鄰右舍全都傾巢而出，望著燦爛煙火驚嘆連連，我阿母也在好夢中呼聲連連，與之相互輝映。

隔天一早，我阿母說她半夜有起來，想從窗戶邊看看有無煙火，結果什麼都沒有。一早打開電視一看，新聞台不斷重播一〇一大樓施放煙火的畫面，我阿母像發現什麼秘密似的，對房裡的我大喊：「阿誠，趕緊來看，一扣一放煙火，你昨晚沒看到，電視有咧報，電視有咧報，趕緊來看啦！」

我們家在山上，天氣冷得可以，我阿母和我看完電視煙火秀之後，又各自回房睡了個回暖覺。中午醒來，我阿母說要吃好料，今天她要出錢請客（小小聲聲明一下，她老人家的錢都是她的小兒子我提供的），我們便下山吃火鍋去也。

山腳下，興隆路上有家酸鍋子，專賣酸菜白肉鍋，我幫我阿母叫了一鍋特級牛肉鍋（我阿母怕酸），我則點了一鍋酸菜白肉，店裡食客不少，火鍋料和切好的肉片都已經上桌了，唯獨銅炭高爐還沒送來，我阿母老早受不了把一碗豬油拌飯配冰紅茶給囫圇吞下了，還嚷著要再來一碗。等到銅炭高爐上桌來了，她大概也已經五分飽了，不過我們還是趁熱盡心盡力地吃完了所有火鍋料，腆著便便大腹心滿意足地離開酸鍋子。

臨上車前，我阿母說吃飽撐著，馬上上車難受，不如去河堤散步一下，我說也好，就扶著她爬樓梯，站上堤頂，望著空曠的景美溪和政大山區，迎著冷風，我們趕緊罩起衣帽，我阿母忽然想和我哥通電話，我撥通後把手機交給她，她一直對我哥說不是要來找她玩嗎？怎麼一直沒來云云。講完電話，換我打電話向好友道聲新年快樂，我阿母照例在旁邊一直追問，和誰講電話？和誰講電話？和誰講電話？乎我聽一下！乎我聽一下！

乎我聽一下！我忽然想到不如讓我阿母說些話吧，就教她用台語說「新年快樂」，我阿母有樣學樣，對著手機不管三七二十一就大喊「新年快樂」，我把手機拿回來了，她還樂不可支地一直對著我大喊「新年快樂」，聲音浮在冷風裡，也許一直傳到另一邊山上去了也說不定，畢竟實在是那麼大聲啊。

回到家，我們又睡了一場回暖覺，晚上下山時只隨便吃了頓自助餐，又快到九點時，我阿母想睡了，關上房門前，忽然轉過頭來衝著我笑：「呵呵呵，阿誠仔，『一直』快樂！」——原來我阿母已經忘了新年快樂怎麼說了，只憑記憶說成了「一直」快樂——我也回她：「阿母，你也『一直』快樂喔！」

呵呵，這眞是我們母子倆二〇〇八年會一直快樂下去的第一天喔。

我阿母歡喜過大年

近些年來，逢上過年便常聽人說：「年味是越來越淡了。」這句話好似很能引發共鳴，越來越多人也跟著搖首感嘆，年味眞是越來越淡了。至於年味何以變淡，似乎只能歸咎於時代進步，古風不存，是無可奈何之事。

可我阿母就完全沒這層煩惱。

我阿母目不識丁，分不清數字，更不可能知曉時令節慶，可說也奇怪，她老人家自有她的消息可供辨識，好比說菜市場已經開始賣起潤餅皮、肉粽或月餅，她就隱約知道清明、端午、中秋快到了；要是隔壁阿嬤邀約去看花燈、看煙火，她就隱約察覺元宵節、國慶日已然將至；至於我阿母開始引頸期盼年節的預先暖身期卻來得極早，吃過冬至湯圓後，老人家差三隔五就纏著問：「阿誠啊，欲過年未？」我總是依照時間長短，答以還有一個多月、三個禮拜、十天……。

我阿母之所以如此期待過年，我猜想應該和下面這些原因有關：首先是大過年她可以收到三個大紅包和兩個小紅包。大紅包是先父榮民遺眷春節慰問金六千，家兄和我各六千，兩個姊姊各兩千塊，零零總總加起來我阿母就有兩萬多塊。要知道我阿母平時只有我給她的零用金，兩天一千元，她老人家個性灑脫異常，視錢財為身外物，能花則花，毫不吝情去留，因此身上餘額很少有超過兩千塊的紀錄。但是一到過年，她頓時擁有兩萬元「鉅款」，直覺自己已然晉升「豪業人」（有錢人）行列，講起話來聲音也大了起來，動作也豪邁不羈了起來，樂何可言，尤其每晚臨睡前喜歡把錢財露白出來，大聲數算，一張兩張三張四張五張八張十張（我阿母特有的七進位算數法，相當仔細但其實是亂算一通）……，數完後大笑：「哈哈哈，豪業囉！豪業囉！幾啦百萬啦，這世人開未了囉！豪業囉！豪業囉！」接著一定還要交給我當著她面再數算一次給她聽，確定是兩萬二千元（其實她根本不知道到底是多少），這才安心地把一小疊「青仔面」藏進衣櫃深處，滿意地上床睡覺。——不過我阿母成為「豪業人」之後，當然不會幡然感悟自己灑脫異常、視錢財為無物的性格，雖然衣櫃已經爆滿、鞋櫃有太多鞋子未穿、肚子已經圓滾滾吃得「飽圓圓」、常去玩的小彈珠台已經記下七千多點還尚未兌換獎品，她老人家仍是忘情揮灑（算不上揮霍啦），該買則買，當吃就吃，想玩即玩，但求盡興，不計花費，「青仔面」一張張離她遠去，等她察覺半張不剩時（通常是過完年還不到兩個月），不免就有一種「錢去人空」的寂寥和失落感。不過還好，我阿母會很快地抖擻起精神，再度充滿活力地期待趕緊過完清明、端午、中秋，盼望冬至快快來到，然後她就又可以難掩欣喜地隔三差五頻頻問道：「阿誠，欲過年未？」

其次，大過年全部放假，我阿母必然有得玩。要知道我阿母平時都是自個兒胡亂遊逛，能遊逛的地方畢竟有限，多是住家附近而已，如木柵市場（我阿母買衣天堂）、木柵動物園（動物百看不厭）、貓纜（我阿母口中的「流籠」是也，三不五時便要搭一下，停駛對老人家娛樂影響頗鉅）、台北車站（坐15號公車去再原車回來，中途不下車怕迷路，這樣她也開心），或是跟鄰居阿嬤們去山裡某廟寺拜拜，除此之外，大多時間是一人窩居家中，沒人相伴，很是寂寞。但一到過年，情況大不相同，所有人統統放假，既然放假，阿母獨大，必得帶她出去遊玩才行。從前我們住在鄉下，每逢過年就是回娘家蔥子寮鬥熱鬧一下，或者到北港朝天宮拜拜，祈求新年好運道。遷居台北後，家兄會帶阿母到三峽住家旁的清水祖師廟拜拜，順道逛逛人山人海的三峽老街；有時也帶我阿母到大舅和阿姨家拜年。這樣一天接一天玩下來，我阿母頗為滿意，恨不得每天都是這樣，天天都是過年，天天都能盡情玩耍。不過俗話說得好，良辰易逝，佳節易過，不多時春節假期很快結束，我阿母眼見大家又是上班的上班、上學的上學，終究只剩她一人獨自遊逛或獨守空閨，難免也興起「良辰美景奈何天」的深切感慨。——不過還好，她很快就能轉換心情，殷殷期盼起「禮拜六」和「禮拜天」，雖然只有兩天假期，但這是她的小過年，小過年過久了，大過年還會遠嗎？

再者，大過年可以吃火鍋，我阿母的最愛。吃火鍋，本是尋常之舉，但在我們家不同，從前我們住在雲林褒忠時，有一年除夕，先父愼重其事地宣布今晚要吃火鍋，這對我們家小孩和我阿母來說都是相當新奇的事，因爲從未吃過火鍋，更別說見過火鍋長什麼樣子。除夕當晚，先父不知從何得來一鼎插電火鍋，特地用延長線才順利將火鍋置放餐桌，好不容易爐滾湯沸，打開一看，雖然只有大白菜（當時尚無火鍋餃料販售）及青菜之類，但仍覺十分新奇，只見我阿母忙進忙出，緊跟過年時即晉升大廚的先父旁努力幫襯著，等大家都上桌了，老人家還不肯一起吃，猶自在流理台前刷鍋洗碗（這是我阿母從小的教養，女孩子家得等大人全部吃完才能上桌）。雖然，我阿母並不懂得什麼叫做「團圓」，但她隱隱約約知道吃火鍋等於過年，過年等於她的小孩會從各地回到家吃火鍋，因此她對火鍋特有好感。後來我們搬遷台北後，我阿母偶爾會問：「今晚來吃火鍋好否？」我便帶她吃興隆路上的三媽臭臭鍋，有時更享受些就改到附近的「戚家小館」吃酸菜白肉鍋。若是逢上過年，吃火鍋更是天經地義，而且我阿母輩分夠高了，不用再刷鍋洗碗，端坐主位，一面拿我準備好的紅包發給孫子們，派頭得很哩！

我阿母這麼期盼過年，或許還有一層原因我沒能察覺，那是從前先父還在世時，他老人家每逢春節採辦年貨、除舊布新、張貼春聯自不在話下。除夕當晚，吃過團圓飯，看完除夕特別節目，他必然和我們一直捱過午夜完成守歲任務，然後按照黃曆指示，在天尚未亮前的丑、寅、卯時擇定一個開門吉辰，然後調好鬧鐘在那個時刻和我阿母一起醒來，備妥祭品、拉開鐵門，放鞭炮，祭拜天地。接著一大清早，又在二樓廳前備妥祭品，燒紙錢、放鞭炮，祭拜神明、祖先。然後用收音機強力放送「鼕鼕鼕鼕鏘，鼕鼕鼕鏘，恭喜恭喜，恭喜發大財……」音樂，不斷循環，直到傍晚，隔天再放，直放到初八。然後一早醒來我們會發現，枕頭底下有一包紅包。——我後來才恍然大悟，這是先父和我阿母盡其所能地想在冷清氣氛中努力營造出一個熱熱鬧鬧的年，這樣的年，才是他們精心準備送給自家小孩的新年。

所以瞧瞧我阿母，能說過年沒年味嗎？她老人家過得可滋味得很哩！所以說所謂年味，其實是留給還存有童心的人享用。童心一旦失去，過年反成了牽累，想到拜年，便覺勞師動眾；想到紅包，傷心存款失血；想到團圓飯，不免又要虛應故事；想到賀歲節目，必是千篇一律；想到放假，只願倒頭大睡。七想八想之下，年味盡失，過年樂趣也全沒了。

但是當我們嚷著年味越來越淡的時候，想必從前曾有人為我們營造出很有年味的年讓我們度過，但現在年紀大了，自然不再會有人為我們營造出那種氣氛，也許我們應該懂得轉換位置，學會努力去營造出一個有年味的好年，讓那些個留有童心的小孩們和老人家們能夠好好過一個充滿年味的年，過程哪怕辛苦，只要小孩和老人家們覺得今年過得眞是有滋有味，這年節就太值得了！——這或許才是我阿母總是歡喜過大年的眞正原因吧！

我阿母的貓空纜車初體驗

從我家窗口望出去，望過一處山谷、幾棟公寓、一條蜿蜒景美溪，就能看見貓空纜車，打從一開工，我阿母就經常盯著貓纜進度，彷佛監工似的，天天評論著：「喔，鐵架做好囉！」「喔，車站起好囉！」「喔，開始行囉！」結果貓纜眞正開放載客時，我卻沒讓我阿母去搶頭香，因爲我們膽子偏小，還是讓別人先去試一下，等安全了我們再坐也還不遲。果不其然，運行才沒幾天，就發生當機兩個小時事件，要是我阿母被掛在上頭動彈不得，我差不多也被罵臭頭了。

雖然三思而後行，頗値嘉許，但鄰居的阿嬤們沒想到全都身先士卒跑去搭過回來，還告訴我阿母說好玩得不得了，這下子我阿母就落人一著，心裡頭很不是滋味，便一早到午對我唸經：「阿誠啊，咱們是何時要去坐流籠啊？」我耳根軟完全禁不起毫無間斷的緊箍咒，擇期不如撞日：「就今仔日去啦！」不過白天太熱，窩在纜車內烤曬對老人家健康很是不好，遂決定了晚上再去。

沒料著一到下午忽雷電交加、大雨滂沱，貓纜就停駛了。我阿母隔著窗戶望著動彈不得的貓纜，失望之情溢於言表。我說：「夜時雨就會停啦！」我阿母似信不信。到了傍晚，雨果然停了，我開車載我阿母到了纜車站，我先下車去問是否開放行駛，服務員答說還在試車。回到車上告訴阿母說尚未開放，我阿母說那先到旁邊的 zoo mall 玩飛碟機好了。停妥車，又經過車站口，原本停修的招牌忽然移開，我趕緊拉我阿母走進纜車站，這才發現我們兩個是停機後重開的第一對旅客，坐電梯上四樓後，發現一大堆記者扛著攝影機、手持麥克風對著纜車拍。等我們走近，忽有一電視台女記者拿麥克風對我阿母說：「阿嬤，你有等足久沒？」我平常對攝影機是避之唯恐不及，不料我阿母只是誠實以對，卻答得十分巧妙：「啊，我未曉啦，我未曉啦！」然後就別過頭去，揮揮左手（因爲我牽著她右手嘛！）迫不及待走進月台，搭纜車去了。

纜車開始往上升，我阿母又開始緊張了，叫我過去和她坐，然後又說她要坐在地板。我說不行。然後她又開始說：「我會乎你害死，沒代沒誌坐這呢高！」我說：「晚時坐，看不到下面，這樣才不會驚，若是日時來，看到下面那麼高，才會驚死！」「你看攏比一〇一較高，還不夠高，我給你說不通來坐這，你偏要來！」這下又變成是我要她來坐了，好在我已經太習慣我阿母的邏輯，也就不以爲意。我摟著她的肩，要她放輕鬆，她作勢就要躺在座椅上。我說不行。她便緊張地東看看西看看，有點兒不知所措。

纜車經過動物園內站，大台北南區的燈火在腳下漸次明亮起來，接著北二高的車燈流龍也在右方出現，纜車轉了一個彎，可以看見汐止的燈火，左方大台北的燈火一無阻攔地亮麗起來，忽然聽見滿山蟲聲唧唧，蛙聲一聲遞過一聲，涼風從椅背後氣孔鑽了進來，帶來清爽。我和我母有一搭沒一搭地聊著，也就過了指南宮站，抵達貓空。在站內各吃了一碗四十元的碗粿，極難吃，我原想帶我阿母稍微逛一下貓空，結果我阿母說頭很暈，我想大概是因爲太過緊張，血壓竄高，她直嚷著要回家，不要逛了，直接坐纜車趕緊回去。我看情況不對勁，就走出站外，發現有小巴士在一旁等客人，便決定坐公車下山，比較安全。上了公車，我阿母就說：「坐公車不是卡安全，我就給你講不通再坐纜車回去。」

平安回到家，拿了一顆降血壓的藥給她吃，頭不暈了之後了，她這又說：「你阿姊伊下個月來台北，等伊們來囉，咱們再去坐喔！阿誠，你有聽到沒？」

我阿母的婦女節

我阿母管婦女節叫「三八節」，在她以為，三八節就是她的節日，既是她的節日，就該買蛋糕來吃，但我已經不太讓她吃過甜蛋糕了，只好免掉。我阿母心中無曆月，自然不曉得今天是三月八號，但卻清楚知道我今天不用上班（恰逢周末），既然不用上班，便是假日，既是假日，那就太應該要帶她去外頭玩囉。

中午，我們便到了士林夜市。

我們照往例點了蚵仔煎、花枝羹、滷肉飯和天婦羅。吃罷，胡亂繞了一圈。我阿母沒吃飽，又在另一攤上買了兩串烤七里香（很美的名字，其實是雞屁股是也，我阿母酷嗜此味，一方面是因為香潤可口，另一方面則是肉質柔軟便於咀嚼）。夜市因尚未到傍晚，攤商開得不多，一會兒就逛完，再又亂繞了一圈，忽然看見一台大頭貼機，是可以將照片雷射製成金色框項鍊墜子，很是特殊，便趕緊拉我阿母進到裡頭，兩個人努力擠進小小預設的相片框中。照完相之後，等了好一會兒，墜子才落出機器外的小孔。我阿母瞇著眼睛，調出較亮的角度細瞧，好不容易才看出半個麻將牌大小的金色框內我們母子倆的合影，這才抬起頭對我說：「這上頭是你和我咧！眞鰲！眞鰲！」

走出夜市前，我買了一卷椰子口味大餅包小餅，一杯綜合果汁，邊走邊吃。夜市門口搭設幾座臨時帳棚，正對著走道，其中只有一家攤商開張，擺放一排小朋友玩的遊戲台，台上滿堆著一盒盒的白色高爾夫球。我阿母二話不說大剌剌坐下來就說她要玩。老闆說明一盒五十元，我掏錢給老闆，我阿母便玩將起來。我們倆從未見過這款遊戲，只知道應該將球往下丟放，盡頭有五個小保齡球瓶，應該是要碰到球瓶吧？不意小球碰著其中一個，竟有鑼鼓聲歡天喜地響起，然後有一女聲高喊道：「你眞鰲喔！」我完全沒料到聲音竟然是用台語喊出。我阿母聽懂了，而且她樂不可支，笑開嘴直對我說：「阿誠，你有聽著沒？說我足鰲耶！有聽著沒？說你阿母足鰲耶！」然後只見我阿母一顆接一顆地丟放，機器就一次又一次發出「你足鰲耶！」的讚賞聲。她老人家不時望著我、望望旁邊被吸引過來的小朋友群，不時情不自禁地拍著手，笑道：「你阿母足鰲呢！」這時忽然有顆球穿過三四枚釘柱碰上正中央的小球瓶，機器女聲高喊道：「功夫足厲害喔！」我阿母一聽，愣了一會兒，居然回答道：「近嘛你才知影！」這一答彷彿激起鬥志似的，右手一口氣抓了三四顆往前拋，越丟越多、越丟越快。我在一旁吃餅喝果汁，想阻止她已經來不及，盒子裡的球已經全部丟完了。但我阿母覺得好玩極了，還想再玩一次，我又掏出五十，連剛剛的一百，可以買三盤，她可以再玩兩盤。我阿母拿到球後，馬上又進入她渾然忘我的自信心增強的小遊戲之中，我則坐在一旁繼續吃著餅，旁邊圍觀的小朋友各自央求著媽媽想坐下來玩，但可能一盤實在太貴，沒有任何一個小朋友被允許玩。我阿母一枝獨秀，玩得不亦樂乎。等我吃完東西，她已經玩了九盤，共花了三百元。但她還意猶未竟，我一直說後面還有更好玩的啦，她才依依不捨地離開小保齡球機。

我們沿著基河路，走到百齡國中後的都會叢林地下一樓。這裡有我阿母愛玩的飛碟機，但這回機器有些故障，白色碟盤經常卡在中場，不夠順暢，我們只玩了一回就不想再玩了。由於都會叢林新近引進許多新遊戲機，我和我阿母陸續玩了九宮格棒球、打打樂、丟丟球，最後我自己玩了一回坦克大決戰，這是操控式的實戰遊戲，我阿母在旁邊喊說她也想玩。我說你不會啦。她說她會。我只好讓她坐上兩台中的其中一台，投了代幣，讓她負責左手邊前後操桿，我則站在右邊幫她瞄準、開砲、呼叫援機轟炸。轟隆聲四起，座椅前後搖動，如臨實境，她覺得有趣極了。沒多久，三台坦克都掛了，遊戲結束。我回到右邊的機器玩，忘了給她投代幣。我逕自玩了好一段時間，已經在歐洲戰場征服了諾曼地、華沙和柏林，等回過神來看我阿母，她衝著我笑，一邊兩手忙碌地搖動左右搖桿，一邊直說：「足好玩！足好玩！」我看一下她面前的畫面，原來是例行播放的坦克作戰動畫，而我阿母誤以爲還在玩，所以她不斷自己前後左右搖動座位，在兩旁喇叭聲光效果的助威下，她也玩得出神入化，渾然忘我，興味淋漓。最後我把代幣都投完，讓她下來時，她還不肯，直說還要多玩一會兒，要我再等一下她。

等我阿母差不多累了，我們就離開都會叢林，打道回府了。

我阿母雖然還是不知道今天是她的三八節，但不知道又有什麼關係呢，那都無妨於她又過了一個開心的「婦女節」啊。

我阿母和林語堂

我阿母是絕對不認識林語堂的，林語堂當然更不可能認識我阿母。

禮拜天一早，我阿母便嚷著要出去玩，初冬天氣，窗外還飄著小雨，台北能去玩耍的地方，我阿母大概都玩遍了。我睡眼惺忪地想了一回，這也不好，那也不妥，索性還去老地方，「來去台北車頭地下街好了！」我阿母只要能出去玩，可謂來者不拒，哪裡都好，便興致勃勃地要我快快出門。車子滑出社區，穿過辛亥隧道，剛到台大後門，我才猛然想起，現在才九點半，地下街得十一點後才開門，一大早去吃閉門羹，逛一道道拉下來的鐵門準被我阿母唸到臭頭。遂轉頭同我阿母說：「咱們來去別處趣玩。」我阿母也樂得說好。

車子開上建國高架橋，轉下士林交流道，再往北上洲美快速道路，復從北投下來。我阿母一到新北投捷運站，就指著左前方的泉源路，興奮地說：「這條沒有錯，你阿姨伊家往那條去。」「我知啦！」「耶？知影，你哪彎正手邊這邊去？」我往光明路開，其實是想看一眼北投公園裡新蓋好的圖書館，它最近剛得到二〇〇七年台灣建築獎首獎，我阿母對圖書館不會有興趣，但旁邊的溫泉博物館可能還有一點興頭，不過繞了一圈，兩旁道路全畫上紅線，停車不得，只能從車窗飛快瀏覽一回，便轉上泉源路。天空忽放晴，烏雲散去，風和日暖起來。途中遇見一處硫磺礦露出場，整理成公園模樣，遂往裡頭開，我阿母搖下窗，聞到濃厚硫磺味，劈頭就說：「臭䁖摸，這有啥好看？」我硬拉著她下車：「出來趣玩，就是要看大自然，要散步。」我阿母嘴裡念念有詞：「我會乎你害死，沒代沒誌來看這，走乎腳瘆死，敢無較好玩耶？」等走上了礦場邊的木棧道，看見冒煙的礦口、沸騰的熱水，我阿母突然說：「啊，沒記住帶雞蛋來，這煮蛋足好吃哩！」我在一旁說：「溫泉水煮蛋有毒，不通吃！」沒想到我阿母忽然顯得很有架勢，說：「你囝仔人，知什麼！」

我阿姨家住在陽明山後山，由泉源路接東昇路，不一會兒就能到，阿姨家居高臨下，陽明山好景一覽無遺，很是開闊疏朗。不過我阿姨是鄉下長大，對陽明山好景的感覺自然和一般有錢人的享樂心態大不相同，要不是姨丈世代居住於此，她也很不樂意住這兒：「濕氣重，交通不利便。你表兄上禮拜腎結石，痛到哀哀叫，四處叫沒車，厝內查某人也無曉駛車，敢緊請厝邊家開車送去北投病院，來回一趟得包六百塊紅包給人！」阿姨搖頭心疼，我阿母也趁此良機和我阿姨訴苦，說我先前每天都會給她一千塊以上零花，現在每天只願給五百塊，我阿姨嚇了一跳：「阿誠啊，你不通拿這麼多錢給你阿母開，一天一、兩百塊就有夠囉，伊什麼攏未曉，一定黑白花錢！」我阿母一聽，驚覺非但得不到同情，五百元還岌岌可危，很是緊張，急忙澄清：「一、兩百塊，還不夠我買衫褲咧！不能再少！不能再少！」我笑著同阿姨解釋：「普通日我在上班，隔壁有一個查某師父四處帶伊去趣玩，我阿母就請伊吃飯，這嘛眞正常，結果伊兩人越吃越貴，一天花一、兩千塊在趣玩和吃飯，照這樣下去，我賺的攏不夠伊花呢，只好控制一天五百塊，不可伊花超過。」我阿姨說：「喔，你阿母眞好命！我一天飼這麼多孫子，也不用花到五百塊！」我阿母直搖頭：「我給你講，五百塊眞正開無夠啦！阿枝仔，你眞正攏不知呢！」阿姨也不聽我阿母解釋，問我留下來一起吃午飯好嗎？我說不用了，我阿母要去吃好料的。

我阿母是無肉不歡的人，尤其嗜雞成癖，每回到山林裡頭去玩，必得吃些白斬雞、鹽水雞、痲油雞、油雞之類佐餐，方可稱之爲吃好料，否則就是寒傖了。還在不知往何處覓得好雞，車子已經過了陽明山前山公園，原想離正午還有段時間，可轉往後山擎天崗踏一下青，便還往後山開，忽在中興路看見陽明書屋指標，心想從未來過，今日可一窺究竟。不料往下開，路旁全是紅線，書屋前亦無停車位，要是從上端停車場往下走到書屋，大概我也被我阿母唸到頭痛了，遂作罷往回開。回途竟意外發現路旁有一山菜野店，急忙違規停車，鑽進裡頭探尋有無好料，我阿母揭開簾子望見桌前擺放一隻鮮潤欲滴的白斬雞，就頭也不回地自己找妥視野最好的位置坐下：「我欲吃雞肉！剩下的乎你點。」白斬雞半隻要價三百八十元，我們兩個吃不完，只點了四分之一，再點蕃薯葉、紅燒豆腐、山藥糕，盡量以我阿母吃得動的爲主，再一人一碗山藥排骨湯、地瓜湯，等菜一上桌，瞧我阿母狼吞虎嚥的模樣，就知道她老人家又吃到好料的了。

雞足飯飽，我阿母說想到台北車站玩，遂往山下開，下仰德大道時，看見林語堂故居紀念館開著，便拉著我阿母進去沾染一下藝文氣息。故居乃四合院，藍瓦白牆，融合中西建築風味，入門可見螺旋廊柱，天井中一角有竹石楓蕨和小魚池，右廂房爲展廳，需買票入場，我阿母因滿六十五歲免門票，門房用國語同她解釋，她聽不懂，直喊著：「對啊！我不識字，免買票！」進到展廳，裡頭有語堂先生的書房、臥室、客廳和餐廳，我阿母一進到裡頭便喊腳痠，再看到裡頭舒服的沙發，就直往裡頭坐下，一邊欣慰地說：「這蓬椅眞舒適！」我一看，嚇了一跳，趕緊拉她起來，說：「這是古董，不通坐啦！」我阿母納悶地說：「擺這麼多椅子，不乎人坐欲做什麼？」邊唸邊往隔壁臥室走去，我還在書房看語堂先生的藏書和著作，看完後走到隔壁，大吃一驚，我阿母居然好端端地側躺在林語堂的床上，趕緊拉她起來，兇她：「這不可以躺啦！」我阿母也老大不高興：「蓬椅也不通坐，眠床也不通躺，來這作啥？」我看見中間廳堂有椅子和咖啡館，便對我阿母說：「你要坐，去外面坐，等一下我請你喝咖啡！」我阿母就到外面坐，我繼續逛裡頭的收藏，不一會兒，就聽見天井傳進來幾聲天大的聲響：「阿誠啊！趕緊咧！我欲喝咖啡啦！」這種情形還能逛得下去的人，不是重聽，就是臉皮太厚，還好我都不是，便乖乖出來，請我阿母喝咖啡了。

咖啡館名曰「有不爲齋」，原是語堂先生餐廳及客廳所在，入內可見七八張桌椅供人餐飲憩坐，館內推木門出，有一陽台，我和阿母逕往陽台右側一張桌椅落坐，我阿母看見陽台下一覽無遺的台北城景，驚嘆連連：「哇，這風景美喔！」忽然又說：「阿誠，你看，看得到海！」我趕緊解釋：「那不是海啦，是淡水河！」「淡水河變這大條？」侍者恰好過來，我點了一杯紅茶，一杯櫻花煎茶。茶上桌，還附贈兩片餅乾，我阿母居然愛吃，吃的方法是把餅乾按進茶中泡軟再入口，一邊喊好吃，一邊央著我再點一份。她喝不慣櫻花煎茶，同我換紅茶，隨手撕開糖包就要往杯裡倒，我趕緊搶過來：「不通吃糖！血醣會變高！」只見我阿母喃喃自語：「沒摻糖，敢可吃耶！」我再去櫃台點一份八片的餅乾時，發現一旁書櫃中有林語堂先生所寫的《蘇東坡傳》，那是大學時代我看過的第一本語堂先生作品，感覺非常精采，——後來雖也看了不少其他人寫東坡傳記，但絕沒有一本像這本精采，當初採用英文寫作，設定的閱讀對象是外國人，所以寫東坡，同時也不斷補述宋朝歷史、政治、地理、經濟、社會、藝術、文學、哲學，簡直就是寫整個宋朝了，又經常舉西方政經文史哲來作爲比較說明，深入淺出，極其精采，絕沒有學術資料的枯躁堆砌，也沒有鬆散的敘述，且經常流露語堂先生的性情和東坡的疊合印證之處，全書書末「讀到蘇東坡的生平，我們等於追察人類心智和性靈暫時顯現在地球上的生命。蘇東坡死了，他的名字只是一段回憶，但是他卻爲我們留下了他靈魂的歡欣和心智的樂趣，這些都是不可磨滅的寶藏。」彷彿就是語堂先生夫子自道。

我把書拿到陽台重讀一回，我阿母在一旁興高采烈地泡餅乾吃，她說好吃，我邊看書邊說喔；她喝多了想去上廁所，我說喔；她跑到樓下上完廁所，在下面叫我，我說喔；她又在樓下大喊：「這哪會有一座墓？」我就不能再說喔了，我一看陽台下居然有座墓，上頭寫著「林語堂之墓」，我趕緊回說：「那是這間主人的墓！」我阿母立刻露出虔誠謙恭之貌，雙手合十，拜了幾拜。回到座位，她又吃餅乾，說了一些話，我又說喔；等餅乾全吃完了，我阿母又上了幾回廁所，她就不許我再喔了：「阿誠啊，來去台北車頭趣玩囉！」要是我再喔下去，她就會喊到全棟人都聽得見，我還有點先見之明，所以趕緊告別東坡和語堂先生，下仰德大道去了。

到了台北地下街，買了一包鬆餅球給我阿母，又意外在超商看到報紙上張耀仁寫《相忘於江湖》書評，多貪看了兩眼，我阿母索性就大剌剌坐在貨物箱上，我趕緊扶她起來，免遭人白眼，又走了幾圈，我阿母喊腳痠，想要回家休息。

我阿母在回家路上對我說：「下回咱們再去山頂吃餅，乎你看冊，我吃餅，還可以拜拜！要欲記住喔！」

我阿母泰國獨遊記

我家住的萬美社區，常有人拉團到處去玩，我阿母跟著人家玩過好幾回，宜蘭、桃竹苗、台南、高雄等地，她都幾乎玩遍了。這些團，有些是掛香，有些是登山，有些是參訪，有些則是純遊覽。起先拉團的人，見我阿母這麼有興致，決定速度又快，付錢又阿莎力，從不拖泥帶水（因爲我阿母聽聞消息後，回家必定露出一幅艷羨渴望貌，加上嘴上念念有詞：「厝邊阿嬤攏欲去，攏說足好玩耶呢！」作爲兒子的人看自己母親如此興高采烈模樣，還能忍心拒絕不阿莎力付錢嗎？）簡直就是榮譽團員，十分歡迎得很。幾乎不同的人、不同的團都愛來找我阿母參加。我剛開始也十分樂意，因爲花點錢可以讓我阿母玩得開心，我不用上班時擔心老人家沒人照料，或者假日時得推陳出新挖空心思帶她到處遊玩。

可是好景不常，我阿母拙於應付人際關係，與人相處，日久必然生波。果然十幾回玩下來，我阿母便開始與人齟齬，甚至在旅途中吵起架來，這種事我是從小司空見慣，但同行遊客斷然不能接受，花錢還要找氣受，豈有此理？漸漸地不滿的聲音開始傳開，影響所及，居然是這一回我阿母已經報名參加，錢也繳了，但臨出門前幾天，卻被主事者除了名、退了錢，根本不讓我阿母參加了。

我阿母回家後深受委屈般地跟我說，人家不讓她參加了。我怒不可遏，找到主事者問個明白，主事者大嬸委婉地跟我說：「張老師，對不起啊，不是我不讓您母親參加，是您母親參加了，其他人就都不要去了，您也要替我想想啊！」人家這樣說，我還能怎樣，我當然知道問題是出在我阿母身上，但一口氣還是隱忍不下。回到家後，就跟我阿母說：「沒關係，伊們不讓你去，我讓你去伊們未曾去過的地方玩！」

然後我就幫我阿母訂了一家旅行社到泰國玩的行程，而且趕在社區遊覽團啓程的前一天出發。在這之前，當然得作許多準備，因爲我必須上班不能陪同，我阿母得單槍匹馬跟團前往，這樣做當然很危險，我阿母什麼都不懂，要是出國時走丟了，人海茫茫可是找不著人了，所以一再和旅行社領隊確認是否可行，他一再拍胸脯保證，絕對沒問題。我又千拜託、萬拜託一定要多照看一下我阿母，同時聲明會準備兩個大紅包（前金與後謝，如此才能有始有終把我阿母安全帶回家）給他，請他多擔待些。這才多少放點心，決定讓我阿母出國。要是平常，我讓我阿母自己出國，我看她是肯定做不到，但在這關頭，她正在氣頭上，我倆處在同仇敵愾的高昂氣憤之中，爲了爭一口氣給人瞧瞧，她老人家憨膽就全都跑出來了，當然也顧不得這許多，就眞的要硬要給他單槍匹馬出國去了。

我送她到機場時，護照、生活用品已經準備妥當自不消說。到了機場集合地點前，領隊已經到了，我先拉領隊到一旁，塞了一個兩千四百元的紅包給他，請他務必多關照一下我阿母，他跟我保證一定沒問題。旁邊兩個早到的團員是亞東醫院的護士，已經和我阿母聊起天來，我也請她們多費心照看一下我阿母，她們人很好，說一定沒問題的，要我儘管放心。時間差不多，我得回去，我千萬叮嚀我阿母，一定不能亂跑，要跟著大家走才行。我阿母見我要回去了，這時候或許憨膽不見了，竟當場兩眼汪汪，淚灑機場，領隊和護士好心拉著抱著她安慰，我阿母這才慢慢放開我的手，說：「人會思慕你啦！」

七天六夜過去，我到機場接我阿母，我阿母看見我，竟沒時間和我說話，也沒心情思慕我，忙著和其他團員一一熱烈擁別。我找到領隊，又塞了一個一千二的紅包給他，感謝他安全把我阿母帶回國。領隊對我說：「才第一天的購物行程，阿嬤就買了一條項鍊和手鍊，把身上的錢花光光了。」我的天啊，我給她零花的一萬元，居然第一天就敗光了，這都要怪我忘了叮嚀她到購物商場千萬不要亂買東西（不過依我阿母的個性，說了也不一定有用就是了）。導遊又說：「後來幾天，還好我用您的紅包幫她買一些她想要的東西。阿嬤人緣很好，團員都很喜歡她，是大家的開心果，連泰國導遊也爲了她全程改用台語解說！」我趕緊謝過導遊，回頭看一些團員還拉著我阿母合照，沒想到我阿母這麼受歡迎哩。——這其實是我阿母的強項，相處一個禮拜內，沒有不覺得她可愛、活潑的，但超過一個禮拜就會有所變化，所以長相處還不如短相處。

回家途中，我阿母一直在車上說泰國有多好玩多好玩，還拿出兩張大照片給我看（此乃泰國攝影師絕活，猛幫你拍照，事後到飯店或回程到機場下遊覽車時拿著成品賣給你），一張是泰國大皇宮前合影，一張是坐乘大象照片，不消說這兩張照片應該是導遊代付（其實也算是我付的啦）。然後又說，每天早餐有多豐富、多好吃（應是五星級飯店的自助早餐也），她都吃不完還偷帶一些藏在包包裡；又說，和另一個阿嬤住同一間，房間有多漂亮多漂亮（五星級飯店兩人豪華套房也）；又說，到海邊玩，她不敢下水，很熱鬧，還有團員去玩用車拉飛起來的遊戲（應是拖曳傘也，還好我阿母沒玩，一定得自費）；又說大家一直猛誇她說古錐、風趣，她還在車上唱歌（應是車上卡拉OK設備）；又說去看脫乳舞，每個姑娘都水噹噹，也有露乳耶，足三八，你敢曾看過（乃泰國人妖秀也）？又說，每天都吃很好，玩足歡喜。——然後結論是，以後她還要再去！

過了幾天，我幫我阿母事先準備的拋棄式相機洗出照片了，看著她玩過的海灘、植物園、大象園、民族村等處風景，又赫然發現她幾乎和所有團員都一一拍過合照，裡頭居然還有一位名教授和一位電視台主持人，還有好幾位人妖秀「佳麗」（我阿母要是知道這些「佳麗」是不折不扣的男性，肯定要大喊「我父我母、澆性失德」的），我阿母眞是做到雅俗共愛了。

又過幾天，我竟然接到亞東護士寄來給我媽的信和照片，地址是從導遊那兒獲得，我阿母頭一回看見有人寫信給她，開心得不得了，趕緊拿信給我拆，她老人家很仔細瞧看信中所附照片，對自己的模樣很是滿意，一邊問我信寫些什麼內容。我說：「人家叫你有空，可以去板橋找她們玩，一直說你很古錐、很好道聚，很思慕你！」我阿母就說：「你看，人攏講我好道聚，你還不信？你有閒要帶我去板橋找伊們趣玩啊！」我嘴裡說好，但絕不會這樣做，因爲我太了解我阿母了，相處還是短短的就好，讓他們留下我阿母最美好的印象就好，至於百般容忍又百折不撓的，看來看去，只要留給我爸和她的小兒子承受好了。

我阿母成功獨遊泰國，我們都出了一口鳥氣，雖然我阿母個性可能好轉的機率是微乎其微，別人大概都很難容忍得了她，但那有什麼關係，只要我能容忍得下她就行了；至於經營出短暫的好人緣，有助我阿母留在別人心中的好印象，這麼珍貴的禮物，送給我阿母都唯恐不及，至於出國花那麼點錢卻能得到如此寶貴收獲，算來算去，划算得很哩。

阿母八記

買衣記

以前讀高中時，英文課本上有句話：Women never have enough clothes，中文意思就是「女人的衣服永遠都不夠」，或者也可以像是英文老師所引申的：「女人的衣服永遠少一件」，這樣的句子對我們當時這種鄉下土包子而言，基本上是沒有任何感覺的，好像那是都市人創造出來的觀念，透過教科書滲透到我們這邊來似的。好比說我家，就絕少買衣服，衣服純粹爲了實用，從不講究好不好看，能夠大小合宜、保暖禦寒便好，數量夠用、好穿耐用即可，從沒必要多買幾件來囤積居奇、爭奇鬥艷的。我家不光男人這樣，我阿母和兩個姊姊也是如此。

後來我上台北讀書、教書，又把我阿母從鄉下遷來同住，我阿母的房間有一面三米多長的牆，因她老人家不識字，用不上書桌，因此我特地請人訂做了一整面三大格六扇對開的大衣櫃，想說可讓她收納棉被、雜物、藏品之類的，其中一格大櫃供她擺放衣服也就綽綽有餘了。

我阿母上來台北之後，我花了好長一段時間，教她學會適應都會生活，例如搭電梯、坐公車、坐計程車、上菜市場之類的，然後給她不虞匱乏的零用錢，等到她稍稍能獨立自理生活之後，我也就比較能安心地到學校上班，不用經常提心吊膽的。如此過了半年，有一日我阿母突然跟我說，衣櫃不夠用了。我說，怎麼可能。我阿母說，不信，你自己去看看。我趕緊走進她房間，打開衣櫃一看，差點沒嚇跌倒，三大格的衣櫃裡頭，沒有棉被、雜物，也沒有藏品，全部都是衣服，滿滿充塞，像是硬要把衣櫃撐爆的那種擠法。

我問阿母說：「你幾時買這麼多衣服？」

我阿母有些不好意思地回說：「每次去菜市場，看到一領一百元，看起來真美，就一次給伊買一、二領，慢慢地就變這麼多。我也不知曉，買衫慢慢啊買就上癮，越買越歡喜、越買越甲意。」

我阿母希望能把多餘的衣服過渡借放到我房間空蕩的衣櫃，我還未置可否，倒是先勸她說：「你買那麼多衣服，已經怎麼穿都穿不完囉，以後可以少買一些了吧？」

我阿母急忙搖頭揮手，頗不以爲然，說：「這你不知曉，若無不買衫褲，我身邊有這淡薄錢，要買什麼物件？」

我猛然想起村上春樹的短篇小說〈東尼瀧谷〉，主人翁東尼瀧谷的年輕貌美妻子，也是購衣成癖，家中一大房改裝而成的置衣室，已經充塞擺滿各式樣高級華美的衣服了。後來東尼瀧谷覺得有點過頭，便勸妻子可不可以不要再買衣服了，完全不是經濟上的問題，而且數量已經多到短時間怎麼穿都穿不完了啊。賢慧的妻子聽進心裡，覺得丈夫說的有道理，便想退回新近購買但尚未穿過的衣服，沒想到卻在開車返家途中，因爲失去某種心理依靠而變得空蕩蕩似的，心不在焉，就在十字路口發生車禍意外香消玉殞了。

村上春樹在這篇主軸描述人生孤寂的小說中，特地安排了一段情節描述女人是如此依戀衣服，思慕牽掛，生死以之。眞是出人意料，衣服，可以成爲女人的依靠，更是女人生命的重心。這時我才眞眞懂得了英文課本上所說的「Women never have enough clothes」的奧義，這種難以言喻的女人的天性，一旦被啓發了、被引導了、被達悟了，知曉衣服是女人不可分割的存在，未來肯定還會超越美麗、華貴、精采等外在層次，而直達某種隱微難言的心理幽深層次。村上春樹顯然懂得，所有的女人總有一天也會突然懂得，就像「女人的衣服永遠都不夠」這句話中所謂的女人並不區分年齡，窈窕淑女如此、妙齡女子如此，熟齡師奶如此，就連我阿母活到一把歲數了，也是如此。

因此，我沒敢再多話，只同我阿母說：「好啦，好啦，以後你的衫褲放不下，我的衣櫃都給你放啦！放心，放心，你若愛買，有錢就盡量買。」

內衣記

我對女生內衣是一竅不通，偶爾途經內衣專賣店，還會扭捏難安、尷尬異常的，但爲了我母，我也不得不勇闖一下龍潭虎穴，替她老人家挑選幾件實用耐用的好內衣穿穿。

我阿母買衣服大多是在菜市場內，依照我們鄉下慣例，但凡一件衣服開價五十、一百，方爲合理價格，倘若超過這個數，心裡就覺得貴了。我阿母自然承襲如此美德，搬到台北後，她老人家經常獨自往傳統市場鑽，買來買去都是一件一百元的衣服褲子，只是在台北能用一百元買到的衣褲，品質一定好不到哪兒去，而且多是來自對岸傾銷的劣質品，不堪久用。我阿母買回來的衣褲也果不其然損壞速度超乎尋常，但她老人家仍保有女人愛買衣服的天性，也就頗不以爲意，衣服壞得快，她就新買得快，兩不妨礙，甚至還有點兒樂此不疲哩。

原先菜市場有一處專賣內衣的攤子，後來不知怎地撤了櫃，我阿母的內衣褲都已經穿破了洞，還沒能找到同樣賣內衣的攤子，她老人家便央著我帶她去買新的。我認眞看了一下她換下的內衣褲，內衣早變了形，內褲也像布袋般寬鬆異常，上頭的棉質薄疏粗劣，再經過洗洗穿穿早就薄如蟬翼、吹彈可破了，看她把內衣褲穿成這樣，眞叫人心疼。我便趕緊帶她到百貨公司內衣專賣店買內衣，在店裡小姐親切招呼及介紹之下，我還是搞不太清楚五花八門多如繁星的內衣款式，但憑著我阿母女性的直覺，以及我自認爲有某些添裝物應當是較爲先進的模糊概念下，我們花了數千塊買了兩套附有鋼圈的胸罩和緊身內褲。我阿母自然歡喜異常，回到家後也趕緊穿上。只是好景不常，沒過幾天，她就頻頻抱怨說鋼圈箍得她渾身不自在，緊身內褲勒得她肚子不舒服。我只好安慰她說，也許再一段時間習慣就好了。她咕噥了幾句也只好算了。又過了幾天，她跟我說，內衣褲變好穿了。我問爲什麼，她說她用剪刀把鋼圈剪出來，又把內褲剪開裝上一條鬆緊帶。——而我只能在一旁頻頻嘆息，搖首自言自語，那胸罩最貴的可不就是鋼圈嗎？

後來，我就沒再帶我阿母上百貨公司買內衣了。但內衣還是要換啊，幸運的是，我們在台北捷運站尋到一家專賣平價內衣的店，內衣一件一百，內褲三條一百，而且是台灣製，品質還不錯，我阿母也頗爲喜歡。此後，我便常常帶我阿母逛這家內衣店，裡頭全是各式樣的內衣褲，有青春型、淑女型、狂野型、還有情趣型，起先我還會很不好意思，低著頭，輕聲細語地問店員，畢竟擠在裡頭全是女性同胞，但後來爲了避免我阿母一個人自己會亂買買錯（有一次她買了孕婦內褲，結果實在太大了，根本不能穿），我還是得親自陪她拿起一件又一件的內衣和內褲，看看式樣、挑挑花色、量量大小、談談價格，在來來往往擦肩而過的清純少女、妙齡女子之間，替我阿母買下一件又一件合適的內衣褲。

如此幾回下來，我似乎也習以爲常了，遊逛其中，總是抬頭挺胸，旁若無人似的，有時還會高舉著我阿母要的那件內褲，對著遠在另一邊的店員問：「ㄟ，小姐，請問這件內褲還有新的嗎？」

檢驗記

我阿母患有老人慢性病，這些病每隔一段時間就得上醫院驗血驗尿，好檢查一下血醣、血壓控制情形，要是控制情況良好只消持續安心服藥即可，若是控制情況不良就得重新配藥，再密集追蹤直到回復正常才行，可見定期檢查是多麼重要的事情。偏偏我阿母，怕針如怕虎，要她抽血檢查，簡直和要她的命差不多，只是檢查不可免，所以經常得在半哄半騙的情況下，誘騙她老人家到醫院裡頭抽血，好在我阿母記性不佳，雖然以前被騙過好些回了，要是一般人絕不可能重蹈覆轍，但我阿母仍舊是你請她入甕，她還是會乖乖入甕——這也是她可愛的地方。

這天又來到該檢驗的時刻。前一晚臨睡前，我已預先跟我阿母說了明天早上要帶她去吃早餐，她老人家一聽，樂不可支，就滿懷歡樂之心喜孜孜地去睡了。——我之所以要提早一天說，是因爲抽血得空腹八小時，爲防止我阿母一早起來就先喝了她愛吃的「純濃燕麥」（此物我阿母一日數瓶，價格頗昂，但營養健康、助消化之外又沒糖分，相當値得），導致前功盡棄，所以得先約定好讓她老人家留著肚子不吃東西。——當然，在抽血之前必須得有好幾次是眞的帶她吃了早餐，而不是每回都直接進到醫院去檢驗，要不狼來了叫久了，我阿母早晚也要發現「吃早餐等於上醫院抽血」的陽謀。

這天一大清早，我阿母還歡喜追問，要去哪裡吃早餐，我回答說是萬芳（刻意隱瞞了「醫院」），她老人家便天眞地以爲又要去從前常光臨的萬芳捷運站旁的怡客咖啡或星巴克，吃高檔的美式早餐，只見她喜形於色地穿戴整齊、準備妥當，歡歡喜喜地出門了。

我們要去的萬芳醫院，附近沒有什麼停車場，如往常一般將車停進醫院地下室，坐電梯上到一樓大廳後，我阿母看我沒往正前方的大門出口走，反倒走向左手邊檢驗科門廳，這時她起了一點懷疑，甚至還有些慌張地問道：「阿誠，你是欲去哪？」然後逕自扭頭往前門走，拋下兩句來：「若是欲抽血，我是不要！」我趕緊答說：「沒啦，只有驗尿而已啦！」我阿母似信非信，但也只能跟著我走，——因爲這時我已經先下手爲強，扣住她的右手腕直往檢驗科走了。

我同檢驗師取了白色塑膠水杯和尿管，把水杯拿給阿母，她倒也安分，乖乖地進到廁所解尿。平時我阿母都是頻尿、尿急的，但這回從廁所出來，水杯裡卻只有幾滴尿，連杯底都還沒能淹滿，我只好把尿倒掉，重新洗過。然後跑去便利商店買了一瓶礦泉水給她喝，她喝了幾口就不喝了。我說不行，還得多喝幾口。她又多喝了幾口，將近半瓶，然後涮涮嘴邊的水，對著我埋怨道：「我會乎你害死，喝這多水，腹肚艱苦呢，一直灌，灌乎死喔！」又過了一會兒，她說想上廁所了，我趕緊扶她到廁所前，隔著女廁前用手指來指去跟她說哪一間才是「坐式馬桶」（我經常在女廁前比手畫腳眞是不好意思得緊哩）。我阿母再一次從廁所出來後，水杯仍是空空，我問怎麼沒尿，她無奈地說：「啊就急急，哪知一蹲了去，就放沒尿！」我們倆只好又坐回領藥處前面的藍色座椅上，我阿母忽回過頭跟後面等候領藥素未謀面的阿嬤說：「呼，想不到人若緊張，就放沒尿呢！」後面的阿媽聽了之後一頭霧水，我趕緊用手扭過我阿母的頭，對阿嬤不好意思地笑笑，沒想到我阿母還一臉正經地說：「就有影啊，緊張放沒尿呢！」

再過了一會兒，好似「萬山不許一溪奔，攔得溪聲日夜喧，到得前頭山腳盡，堂堂溪水出前村」，我阿母終於尿意洶湧，不可攔阻了。這回如廁之後果眞順利解出尿來，她老人家忽然像贏得什麼重要獎項，高舉著獎盃似的水杯給我，一邊說道：「我就不信尿放未出來！」

我把水杯裡的清尿倒進尿管，拿到檢驗科，順手抽了一張號碼單，我阿母早已調整好心情準備去吃早餐了。沒想到我又沒走到大門，反而又走到檢驗科更裡頭的抽血處，她一想不妙，就說：「若是欲抽血，我是無要！一次抽那麼多，血都抽了了！」我只能苦口婆心地向她勸說，沒抽血，不知道身體狀況如何云云（以下省略三百字）。她還一直埋怨著（以下省略三千字），但說也奇怪，她老人家還是乖乖伸出手臂、挽起袖子，讓檢驗師綁好綳緊帶，消好毒，準備抽血。檢驗師下針時叫她別看，我阿母嘴上說好，卻睜一隻眼閉一隻眼偷瞧，等針頭扎進之後，她就唉唉唉唉地亂叫：「好囉好囉，血乎你抽了了囉！唉唉唉，好囉好囉，不通再抽囉！我父我母，我會乎阮子害死！」好不容易終於抽完血，檢驗師和我都在一旁偷笑，我阿母抬頭看我，臉露哀戚神色，說道：「不是你的肉，未痛喔！」我幫她壓棉花球時，她還認眞端詳自己血管裡剛抽出的血，認眞說道：「啊我的血足濁耶！」

等我們走出萬芳醫院大門，「眞的」要去吃好料早餐時，我阿母忽然轉過頭來對我說：「每次都給我講欲吃早餐，結果攏騙我來抽血，你不通當作我攏眞正不知影呢！」

——這回我真得糊塗了，無法確定我阿母是真糊塗還是假糊塗，不過沒關係，反正我們兩個不管真糊塗或假糊塗，對於總算又順利抽到血，我阿母的健康又有新的保證，這可是一點兒都不能糊塗的大事啊。

治牙記

鄉下人其實沒什麼牙齒保健觀念，從前我們住在蔥子寮、褒忠時，都是早上刷牙，根本沒人教導說晚上還得再刷一次，吃完東西必須馬上漱口，甚至更講究些必須馬上刷牙。於是乎鄉下人殘留齒間的牙穢日積月累，往往形成蛀牙，又沒錢可看牙醫（以前沒健保，看牙醫所費不貲），便隨便弄些「齒治水」敷衍止痛，最後弄到蛀入牙髓，得整顆牙連根拔除才行。拔牙後又沒錢補牙，日復一日，牙齒相互推擠，傾向缺牙處，造成門牙敞開，漏風穿堂，屢見不鮮。要不就是牙結石、牙周病滋生口中，造成牙齦萎縮、牙根外露，終至得一口氣拔掉好幾顆牙才能挽救。若是牙齒缺少嚴重，只好裝置半口或全口假牙，才能又順利咀嚼。我的阿公、阿嬤、大伯公、大嬸婆、蔥子寮的左鄰右舍老一輩的人最後幾乎都是如此，無一倖免。

沒想到，我阿母老了之後也重蹈覆轍。

我在金門當兵時，打電話回家，聽我阿母說牙齒被拔掉好多顆，想做假牙，父親覺得太貴，沒有答應。剛好那時我得了一個文學獎比賽首獎，獎金有十五萬，就跟我阿母說，沒關係，你去補牙，錢我幫你出。我阿母便興沖沖地跑去補牙。褒忠老街上的牙醫生為了幫我阿母補牙，先是把她嘴中其他幾顆搖搖欲墜或蛀得相當嚴重的臼齒一併拔除，再幫她做好模型。一段時間後，順利套裝進去我阿母的口中。原以為全口假牙做完後，我阿母自此可以大吃無憂了，但沒想到假牙並不似原先牙齒便利好用，非但不穩固，而且會滑動，再不就是咬合不良，更糟的是常常刮傷牙槽肉，讓我阿母很不舒服，三番兩次到牙醫診所修整、抱怨。或許我阿母抱怨過頭了，牙醫生一怒之後竟退回全數費用，認賠收回假牙，只要我阿母不要再來鬧了。我阿母雖得以拿回我給她的治牙費用（後來父親拿這筆錢買了一部電動步行車），但她並沒有比較高興，因為從此之後她只剩上排六顆牙齒可供使用了。

我阿母後來從鄉下搬來台北和我同住後，又開始嚷嚷著想裝假牙，我有上一回經驗，知道她老人家裝完之後，不用多久，肯定又適應不良，要給人退費。台北的醫生可沒鄉下那樣有人情味，適應不好是你家的事，誰會給你退費。我不忍心看我阿母無牙可嚼，還是得想辦法幫她裝假牙，但花大錢最後會付諸流水，不如找間價錢合理的診所，於是開始四處打聽全口假牙行情，材質不同價格也不同，約莫是在七萬至十幾萬之間。後來鄰居阿嬤好心告訴我說，政大附近樸園牙醫診所全口假牙少於五萬，我便趕緊帶我阿母去裝。裝好之後，果不其然，老人家努力適應了一年多，最終還是宣告放棄，假牙成了洗手台上的收藏品。——可從此之後，我阿母無假牙一身輕，什麼硬的東西就再吃不得，不是先用手撕一撕往嘴裡送，就是直接吞嚥，咀嚼十分辛苦，但也無可奈何。

有一天，我下班回家，我阿母跟我說她牙齒痛。我看了看她上排最左邊那顆為了套戴上排假牙而磨小的牙齒，已經有發炎現象，而且搖動頗厲害。我便跟她說吃完飯後去一趟政大樸園看牙醫。我阿母居然不肯，說什麼也不肯去。當時圾垃車剛到，我急著拿圾垃下去倒，剛出門口，便聽見我阿母把兩道鎖都鎖上了，隔著門還聽見她在裡面喃喃自語：「我就沒咧笨，去看牙齒，要痛乎死！」等我倒完圾垃回來後，一直拍門，她才心不甘情不願地把門打開，然後很認眞地跟我說：「醫生說，正在痛不通看！」我跟她說：「沒去看，會痛死啦！」我阿母還狡辯說：「未啦！未啦！等一下就不會痛了。」等我們吃完飯後，我要帶她出門時，結果她竟然溜回房間，躺在床上，看我推門而入時，還作戲道：「我足累耶，要來睡囉！」——最後當然是我把她從床上拉起來，挾持著去看牙醫的。

我阿母躺上治療椅時，我都得陪站在她身邊，因爲我阿母會亂唉亂叫亂動，沒有在旁邊壓制住，牙醫師很難治療。好在樸園牙醫師張瑞軍先生人很好，不以爲意，只叫我看我阿母口腔，殘存的六顆牙，一顆要拔掉之外，其餘五顆都各蛀了一個洞，蛀得有些厲害。張醫師就問我阿母平常有沒有刷牙。我阿母回答說，每次刷牙都會流血，所以就不敢刷了。（容我插一下話，無論我在家如何苦口婆心教我阿母牙齦出血得看醫生，但她不要。牙齦出血還是得刷牙，不刷只會更嚴重，但沒有用，我阿母只當作沒聽到。而且她還會因爲下排沒有牙齒，覺得怪怪，經常把食物含在口腔內墊著，整夜睡覺，不用想也知道牙菌斑會整夜隨著食物瘋狂滋生。）

牙醫師先把蛀洞挖開、補好，我在一旁壓住我阿母的頭和手，我阿母邊喊痛邊掙脫想逃開，但被我抓得牢牢，只有醫師要她漱口時才能輕鬆一下，老人家看著漱出的血水，一邊評論著：「黑濁濁呢，難怪牙齒會痛！」（這是什麼奇怪邏輯？）然後抱怨我太用力把她壓得很痛。好不容易補好牙洞，醫生再幫她打麻醉針，準備拔牙，結果針才剛扎進去，我阿母就驚天動地喊將起來，啊啊啊啊啊啊，出力想掙扎還是被我牢實壓制住，等麻醉注射完之後，我放開雙手，她剛好掙扎出力想摸自己的頭，結果施力過度，猛地打到自己鼻子。我和張醫師見狀，相視偷笑，我阿母則抱怨連連：「我會乎阮子害死，沒代沒誌帶我來看牙齒，整個人驚到欲死！我父我母！牙齒痛，鼻子也在痛！」

拔完牙齒後，我阿母咬著綿布止血，不能說話。回家途中，停在紅燈下，我在駕駛座歪著頭看她，說：「阿母，你現在實在足古錐呢！」她勉強模糊地點了點頭，或許她以爲我是說她嘴裡咬一塊大棉布的模樣很可愛，其實我不是這樣想。我接著又說：「妳現在惦靜靜，攏不會胡白細細唸，實在有夠古錐！」——結果沒想到，我阿母再忍不住，不在乎棉布可能掉出來的危險，一鳴驚人說道：「我父我母，我若不是牙齒痛，我敢會細細唸？」——聰明的讀者當然會很快發現，我阿母這是倒果爲因的說法，不過她是我阿母，邏輯對不對並不重要，重要的是她僅剩的牙齒我得幫她照料好才是，至於會不會細細唸就交給她一口「咬」定就好了。

稱謂記

「大人者，不失其赤子之心」這是孟子說過的話，意思是通達萬變的大人之心，因不爲物誘，故而能保全其純一無僞之本心，猶如孩童赤子之心。我阿母雖未能達到孟子所說的「可欲之謂善，有諸己之謂信，充實之謂美，充實而有光輝之謂大」的大人境界，但她老人家年紀一大把了卻仍保有赤子之心，卻是不消說的事實。

從哪裡可以看出她老人家仍保有赤子之心呢，最簡單的方式就是從稱謂看起。我阿母凡叫人，年紀輕一點，男的必叫「阿伯」，女的必叫「阿婶」；年紀稍長些，男的必叫「阿公」，女的必叫「阿嬷」。我每回帶她出去，聽到她叫人，都要捏一把冷汗，好比說才剛出門，在電梯裡碰到住在樓下的里長伯，年紀約莫五十歲，比我阿母還小一輪，沒想到我阿母竟叫人家「阿伯」，里長伯已經是聽久習慣，也跟我阿母親切地打招呼。從樓梯走到大樓門口，遇到對面的阿嬤，年記大我阿母幾歲，我阿母遇到了熱烈地叫人家「阿嬤」，還親切地一直握著阿嬤的手。好在阿嬤也是聽久習慣，沒再說什麼。但到了市場，可就不妙，因爲大家都不熟，我阿母對著賣衣服的四十多歲男子，說：「阿伯，這領衫賣多少錢？」衣攤老闆先是愣了一下，趕緊說：「阿姨喔，我比你少年，你哪叫我阿伯？」我阿母回說：「我頭毛黑鬃鬃，你攏沒頭毛，你會比我少年？」說得衣攤老闆不知如何回答，只能苦笑。站在一旁的我除了冷汗直流，也不知能說些什麼。再到一旁地上賣自家種筍的老婆婆前，我阿母問：「阿嬤，你這筍仔按怎賣？」阿嬤聽完後，笑著說：「咱年歲差不多，我屬鼠，你屬什麼？」我阿母說：「我不知，要問阮子？阿誠仔，我是屬什麼？」我回答說：「我阿母是民國二十九年出生，屬龍。」阿嬤說：「這樣比我較小，你要叫我大姊才對！」我阿母馬上現學現賣，親切地叫起大姊，順利買妥竹筍。轉往別處買東西時，我阿母嘴裡卻念念有詞：「明明就是阿嬤，怎會叫我叫伊大姊？」

我後來發現，我阿母只有叫小朋友才叫對，就是叫「阿弟仔」、「阿妹仔」，除此之外，凡是年記約莫四十歲以上，必叫「阿伯」、「阿嬸」，六十歲以上必叫「阿公」、

「阿嬤」，我阿母之所以如此分不清稱謂，我猜想一方面是因爲她是長女，因此對阿弟仔阿妹仔的稱謂特別熟練，另一方面則是她的心智年齡始終保持在少女時代，遇人必稱長輩之類，完全不知道自己已逐漸老大，不復當年。這樣稱人，當然造成別人許多困擾，甚至錯愕，好在鄰居們經久熟習，也就見怪不怪，偶爾到外地買東西，我在一旁打打圓場也就過去了。

我阿母如此稱人，卻有意想不到的好處，因爲都把人叫「大」了，可見其心態始終保持「赤子」狀態，別人都老了，唯獨我阿母不老，她仍一派赤子情懷，樂觀、無憂、無懼，做到這樣，這不是「大人境界」，是什麼呢？

摸魚兒

摸魚兒，是個詞牌名，好些個大詞家都挺愛塡這闋詞牌，辛棄疾的〈摸魚兒〉開頭是「更能消，幾番風雨，匆匆春又歸去」，元好問的〈摸魚兒〉起始是「問世間，情是何物？直教生死相許」，這兩闋都是極有名的作品，——只是我阿母自然是不曉得這許多。

台北高溫破了百年紀錄後的第二天，三十八度高溫持續不退，且毫無降溫跡象，我阿母好不容易盼著我從大陸回到家，也不管高溫嚇人一逕兒要我帶她出去玩耍，一早嚷著說要去海邊玩，順道吃海鮮，我不依，開玩笑這熱天跑去海邊給太陽毒曬一陣子，人沒熱熟，半條命也曬壞了，況且我阿母帶狀皰疹還沒全好，這一點風險可禁不起。在客廳裡思來想去，唯有台北車站地下街最好，整條購物街藏於地下室，涼吱吱的冷氣又充滿四周，簡直就是避暑勝地。

我同我阿母說好了，但到地下街之前，得先到學校拿明天要上課用的書本。我阿母說：「去你學校附近吃中午好了！」到了學校，大多餐館周日都打烊沒開店，沿著長安東路往西走想看看哪些餐廳還開，途中遇到兩個年輕背包客，停在路邊看地圖，我走上前問了需要幫忙嗎，原來是要到前面不遠處的犁記餅店買餅回香港，便叫他們隨著我們後面走。我和我阿母停在「集客天長地久人間茶館」，告訴兩個男港仔說，犁記就在前面一點，港仔這才微笑道謝離去。

我阿母是第一次來集客，看見裡頭的小橋流水、假樹贗藤，和布滿四周古色古香的木製桌椅，很是滿意，隨口說出：「喔，這眞美喔！」我來這兒是貪圖這裡的冷氣酷強，平常不這麼熱的話來，都要被冷到自己識相滾出店去，要不就要多帶點衣服來取暖。我們挑了臨水池靠窗的座位坐定，服務小姐拿上菜單。我正在研究菜單，就聽見嘩嘩水聲響著。「喔，這水足冷喔！」我一看我阿母居然把雙手放進水池裡攪水，我一臉錯愕，趕緊制止她：「你這個台哥鬼，不通攪水啦！手去洗洗。」服務生前來點餐，我點了冰醉雞餐和芝士豬排餐，忽然聽見我阿母喊了一聲，摸著她的右手食指：「啊！魚仔會咬人，好加在我伸得快，若沒會乎咬斷！」我又白眼瞪她，服務生好像聽不清楚我阿母說什麼，居然問她說：「阿嬤，你要飼魚喔？我拿飼料乎你！」遂轉回去拿了一紙杯飼料來，交給我阿母，池子裡的錦鯉大概受人餵養習慣了，我阿母才丟進幾顆飼料，便爭先恐後地前來搶食，幾乎成了暴動現場，不一會兒就把我阿母整杯飼料一掃而空，水池裡也一粒不剩，正好餐點送了上來，我趕緊押著我阿母去廁所洗手，她這才肯暫時罷休。

吃完後，我阿母喝著一大杯直豎豎的冰蜂蜜菊花茶，我一邊喝著珍珠奶茶，一邊看著人間副刊，正看著鍾怡雯的新刊散文〈北緯五度〉，聚精會神地讀她自小嚮往自由的性格，如何決定從馬來西亞的小村莊中逃脫出來的過程，如今又如何回到凋零的故鄉湧起無窮盡的感慨，文中流漾著細緻而略帶憂傷的情意，「過往一切如時間廢墟」，讀著讀著正受她文意深深感動時，我阿母忽然大叫一聲，接著濺起一片水花，濡濕了她的衣服、我們放飲料的桌上，甚至飛濺過來滴濕了我的衣服，原來是我阿母又把手伸進去，錦鯉們誤以爲又有食物可吃，奔了命似洶湧聚攏，幾隻被擠抬到水面上的大錦鯉忽然奮力擺尾翻肚，激濺一道道水花向外炸射。我警告我阿母，不要再伸手進去了！這時另一男服務生前來收拾用完餐的杯盤，我阿母又央著他要了一杯飼料，我仍看報，看到鍾怡雯用了〈Country Road〉的歌詞作爲結束，確實安適而動人。忽又聽見我阿母說：「呼！這魚仔眞大隻！」我抬眼一看，她老人家居然把一隻錦鯉給撈抬起來，我又好氣又好笑，趕緊瞪直眼低聲兇她：「趕緊給放入水啦！」我阿母心不甘情不願地縱魚歸池，嘴邊還喃喃有詞：「呼！這魚仔眞鰲吃，吃擱這大隻！」

臨走前，我阿母還依依不捨，一直拉著我說：「阿誠仔，今暗再來這間吃，我給你說……」——後來我們到了台北車站地下街，沒多久她就累了，我們早早結束提前回家休息睡大覺去了，而她肯定也忘了中午時她居然說出那般深情的話來：「我給你說，我參這魚仔有緣呢！我參這魚仔眞正有緣呢！」

手觸為憑

弗洛伊德（Sigmund Freud, 1856-1939）的心理學說曾將人格或人的精神區分爲本我、自我、超我三部分：本我，乃與生俱來，其內容爲人類基本需求，如腹飢、口渴、性欲等，所以本我需求產生時，個體要求立即滿足，從不考慮他人感受，故而有濃重的唯樂原則。自我，是個體在現實環境中無法滿足本我需求而必須學會遷就、適應或努力追求滿足所形成，故而有強烈的現實原則。超我，則是個體接受社會文化道德規範的教養而逐漸形成，如自我理想、良心、社會責任等，故而有追求美善的完美原則。人格中的本我、自我、超我三個部分，彼此交互影響，於不同時間，對個體產生不同的影響。

佛洛伊德也將人格發展，依年齡分成五個時期，分別爲口腔期（0～1歲）、肛門期（1～3歲）、性器期（3～6歲）、潛伏期（7歲至青春期）、兩性期（青春期以後）。舉例來說，如口腔期特徵表現在於追求原始欲望的滿足，一歲前嬰兒的快樂大多得自口腔活動，經由吸吮、咀嚼、吞嚥等動作而獲致滿足。此一時期，若口腔活動受到限制，可能造成日後某些後遺性，如成人有所謂「口腔性格」，極可能就是口腔期發展不順利所致，其行爲表現有貪吃、酗酒、吸菸、咬指甲等，性格表現則有悲觀、依賴、潔癖等狀況，都被認爲是口腔性格的特徵。

弗洛依德的心理學說後來當然遭遇各種挑戰、質疑、修正或批駁，如他的高徒榮格就做了不少修正。但弗洛依德直接而赤裸地從原始欲望入手，毫不避諱地切入人類至今仍多多少少忌說諱談的陰暗人性、情色愛欲等，看來還是吸引力十足。

我之所以大費周章整理弗洛依德心理學說，主要是想說明我阿母的一項癖好，試圖用學理理解一下我阿母罷了。

我阿母有潔癖，照弗洛依德學說看來，應是口腔期未能滿足所致。但我阿母另一項癖好，就不太能確知是哪個發展期未能滿足之故。

我阿母的另一癖好就是超喜歡用手亂摸東、亂摸西。好比說我和她去超級市場買菜，挑菜買水果，掂掂摸摸，不消說，自然得很；買魚買蝦，她要翻翻壓壓，別人看來，可能檢查新鮮與否，倒也還罷；但是買麵包，她老人家也要摸兩把才行，這就怎麼說，都說不過去了。我常常制止她，說她沒衛生，她老人家頗不以爲然，回嘴道：「買物件沒按看沒，哪知好吃沒？」天曉得這種邏輯從宇宙洪荒何處而來。我阿母亂摸人家麵包，仔細不讓店員發現搖頭詫異甚至出言制止之外，倒也還罷；可我阿母連在家裡發現蟑螂，竟一樣也是「出手」除害，每回都是徒手抓蟑，蓋住蟑螂後，向下一壓，只聽得一聲爆響，沒想到我阿母還意猶未竟，又將蟑螂抓起，用雙手將蟑螂狠狠碎屍萬段，嘴裡念念有詞：「喔這死家蛇，死家蛇！」我每回看見，必定罵她：「阿母啊，你那這台哥！」我阿母非但不以爲「台哥」，還理直氣壯說道：「乎家蛇亂亂蚍，那才是台哥！」——我阿母抓蟑螂絕技，我是從小看到大，司空見慣，要是別人親眼看見，大概會目瞪口呆吧。

弗洛依德也許會診斷我阿母是「性器期」未能滿足。可看來又不太像，因爲「性器期」的特徵是原始欲望需求的一種，主要靠著性器官的部位獲致滿足，幼兒喜歡觸摸自己的性器官，就是此期表現。難道要說我阿母是小時候被過度禁止而產生的後遺症嗎？這樣說來還眞是怪難爲情。或許我阿母剛脫離口腔期（留著一點兒的口腔期潔癖後遺症），自行發展出「手觸期」也說不定，倒不必然一定是要「手觸性器」期哩。

總之，不管是天生也好，後遺症也好，反正我阿母就是喜歡「動手」。人家是「眼見為憑」，我阿母是「手觸為憑」。雖然因此造成我不少困擾，但我也因而學會「凡事豫則立，不豫則廢」的未雨綢繆精神，好比說家裡發現蟑螂，我一定得趕緊拿拖鞋打死（不讓我阿母有出手機會），再用衛生紙捏起，拿塑膠袋包好丟進垃圾桶，還不忘示範教學，邊跟我阿母說道：「對付家蛇就是要這樣嗯才對！」我阿母深不以然，說道：「費那麼多工夫，手給伊輾輾死就好囉！」又好比說我和她走進超市或麵包店，經過魚攤或麵包架前，別人目不轉睛看著架上物，我可沒敢輕忽也一起看著架上物，得時時防範著我我阿母出手，有時老人家還沒動作前我就已經先抓著她的雙手；有時手才剛啓動，我趕緊抓住，還能感受到老人家雙臂的勁力；有時手已經伸出一半了，我便迅疾追捕扣下，動作稍大，拉扯之間，別人不明究裡，還以為是什麼肢體衝突哩。有時老人家也會故意聲東擊西，讓人防不勝防，成功地出手偷摸了幾下，摸完後還得意地露出滿足笑容，不消說——我阿母是獲得「本我」的欲望滿足，但她卻做出「超我」的完美笑容。

豬年看花燈

循往例，遇上元宵節，總一定要帶我阿母到中正紀念堂看花燈。元宵節前一天，我和我阿母約好，說是隔天傍晚時分出發，抵達中正紀念堂正好看見花燈點亮。結果當天一早，我阿母便頻頻催問：「天欲暗囉未！天欲暗囉未！」好不容易捱到午前，她老人家受不了，吵著要出發，十一點不到我們就已經在中正紀念堂大廣場上了，頭上太陽大得跟夏天沒啥兩樣，燈當然不可能點著，不過遊客不多倒是好現象。我讓我阿母站在花圃前準備拍照，我阿母卻一直退後，直嚷著說：「啊離那遠，攝啊耶到？」在她身後的是捷運、一〇一大樓、美麗華摩天輪和一尊高高矗立的豬古力大主燈，我實在很難跟她解釋貼著主燈拍人就只剩芝麻大的黑影，只好急忙按住她：「唉啊，站這就對啦！」

主燈後頭兩旁前停滿各式燈車，主角都是豬偶，我阿母當然不曉得豬八戒、三隻小豬是啥故事，她只會邊走邊停下來，指揮著我，說：「喔，這隻豬公古錐，給攝起來！」我不想只拍豬燈，就叫她站在燈車前，不過我阿母不甚安分，老是東張西望，我還得一直提醒她：「阿母，看這邊啦！你是咧看哆位？」

我們也看了正堂後方學生比賽的花燈作品，然後穿過大忠門旁的小門，走到杭州南路吃小籠包，我阿母其實不愛吃飯食類之外的東西，不過她居然說還不錯吃。接著走一趟杭州南路上的臨時攤街，我阿母買了一條芝士條（看來她嗑小籠包沒吃飽），她拿出芝士條忙吃，以致於我還得幫她按住嘴巴，捏麵人老闆才能順利幫她剪影。拿到剪影完品，來回繞了一圈，看看時間不過一點多，若馬上打道回府，我阿母肯定意猶未竟，會有所抱怨。折回紀念堂，看看要爬上五、六層樓高的正堂去參拜蔣公銅像，我阿母退化性關節炎的膝蓋肯定承受不了，想想就免了，當眞爬上去我阿母一看銅像，還很有可能會誤以爲濟公、阿彌陀佛、關帝聖君之類的神祇而合掌拜拜，口中念念有詞：「啊保庇阮全家平安大賺錢！」我只好領著我阿母順勢走進一樓正廳，恰巧遇上「謝宗安書法展」，我阿母走近一看，馬上走到簽名處跟招待小姐要把椅子坐，坐定後才對我說：「乎你看乎飽！」我便放心地一大幅一大幅開始賞看謝老書作，前後還不到十分鐘呢，我阿母就走過來說：「這有啥好看，看到目錐霧煞煞！」我突發奇想，敢緊叫我阿母站在謝老「合天道人道以成書道，得心安身安乃至世安」大對聯書法中間拍張照，拍完一看，果眞增添我阿母不少文化氣息，遂趕緊多拍了幾張，我阿母也樂在其中，到處物色她喜歡的霧煞煞的背景。

拍完書法照，逛進文物展示廳，我阿母找到椅子又坐下來，享受冷氣，要我好好看。

我想不久後這些蔣公文物也許就不知流落何方（當時有正名、廢堂運動），似乎值得拍下留念，就拉著我阿母兩人自拍，把蔣公畫像當作背景，拍完後，我阿母就問：「啊這是啥人？」「總統。」「總統住這大間！」「沒啦，已經死去囉啦！」「死去沒埋起來，在這嚇驚人！」

看完展示廳，準備走出去，正好遇到出口南展區舉辦猜謎，我自幼便和我哥在鄉下看人猜謎，長大後自學一段時間，頗曉得解謎訣竅，便拉著我阿母擠到前頭跟人廝猜，我一口氣猜中四、五題，旁人一直問怎會這樣猜，怎麼會這樣猜，我還沒來得及解釋呢，我阿母昂起頭就搶白：「阮子做老師呢，咧教冊呢！當然會曉猜！」後來又連猜中了四、五題，她捧著換來的燈籠獎品，熱情大減，一直唸著：「阿誠啊，轉來囉，你是欲猜多少燈，有夠囉啦！」「轉來囉，有夠囉啦！」

最後換我阿母拖著我離開燈謎會場，走出正堂大道，又看了一會兒燈車，又看了一會兒音樂廳前搭棚上火熱搖擺的巴西森巴舞，我阿母說她累了，要回家了。雖然最終我們倆根本沒看到燈火，但我阿母並不後悔，回程的途中她說：「喔，真正未歹看，阮們較早攏不曾來過哩，下次欲再來。」其實她老人家已經來過七八回了，不過這樣也好，因爲她覺得沒來過，所以每一次都非常新鮮，也因此，她很高興，我也很開心。

阿母治菜

我阿母沒有任何廚藝可言，有時想想，還真不能怪到老人家頭上，因爲大凡廚藝精通者，最起碼的條件，食材充足、佐料齊備，火灶鍋碗必須一應俱全之外，最好還能有獨門的家傳廚藝（如傅培梅）或外來師傅（如電視節目「冰冰好料理」這些個大廚師）傾囊相授，再能得天獨厚一根舌頭嚐遍人間美味那就好上加好了。用這些個條件考察一下我阿母自幼成長的蔥子寮環境，果真食料奇缺、百物不舉。雖有米，總是少之又少，故只能做粥；雖有菜，大多田溝生長的空心菜，唯多做快炒；雖有肉，卻極少見，故多做滷，求滷汁可配粥也；雖有魚，多做煮，以爲祭拜之犧牲。廚房事體，但求溫飽，有誰會去講究手藝如何呢？更不用說鍋碗瓢盆，總也一應不全，端的是先天不良、後天失調，既乏天時，也少地利，更無人和。這種條件下，要造就出我阿母會有好廚藝，確乎是緣木求魚，毫無可能。

我阿母沒有好廚藝，好像對我們家是有些兒可惜，但恰恰相反，起碼對我而言，卻有許多意想不到的好處：好比說頭一件好處，就是絕不挑食，因爲家裡餐桌上菜色已經少得可憐，還要挑食你就沒東西吃了，會挑食的人，那是因爲有東西可挑，沒東西吃了還能挑嗎？

這第二件好處是，容易滿足。因爲我阿母做不出好吃料理，所以我只要隨便嚐到稍稍好吃的東西，無不歡喜讚嘆、驚訝連連，宛若吃到的是人間美味、天地至食。比方說我就讀國中時，總是帶自家鋁盒飯菜當中餐，一顆雞蛋外加青菜，偶爾配上肉塊肉汁，勉強也湊成一個便當。只是飯盒一經炊蒸，飯菜糊爛成一團，黏膩混滑，飯不像飯，粥不似粥，著實難以下嚥，好在經久吃慣也就不以爲意了，因爲如果嫌難吃不吃，那只好挨餓，我已經瘦到不需要節食了，可不能不吃。倒是看同學們大多統一訂購紙盒便當，菜色豐富，變化多端，著實羨慕，奇怪的是同學們卻總對菜色多所抱怨，三家便當公司的飯盒換來換去，還老說不若家中好吃云云。我沒吃過，不解箇中滋味，很想吃上一回，終於有一天某同學吃膩了飯盒，轉送他訂的給我，他自己則跑去合作社花錢吃湯麵。我到現在都還清楚記得當天中午，我如何抱著虔敬的心情把便當吃得粒米不剩，舔得滴水不留，只差沒把紙盒給呑進去而已。長大後讀到一首詩，稍稍修改後方才能描繪出當時心情，那是「此味（曲）只應天上有，人間難得幾回嚐（聞）」，便當能帶給我這麼大的感動，其餘勝過便當的東西我還能不吃到感激涕零嗎？

所以第三個好處便是，好養。我從來就沒福氣當上美食家，但卻意外成了一個眞正的「美食家」。因爲常人認定的美食家是很會品嚐好吃的東西，但我這種美食家卻和他們不同，我是「吃什麼都好吃、吃什麼都是美食」。起因於我阿母廚藝不佳，造就我的好養性格，什麼都覺得好吃，頗有胸懷灑落，無所不包的美食大家境界哩。

我的學生、朋友、同事都喜歡請我吃東西，因爲他們都說我嘴巴甜、會說話，每次拿他們自己做的東西請我吃，或是請我去餐廳吃飯，說我都會直呼：「好好吃喔，好好吃喔！」讓他們覺得請我吃東西眞是值得。這樣看來，他們眞是誤會了，以爲我嘴甜、會說話。其實不然，我每回之所以能吃得津津有味，不能自已地歡喜讚嘆，全都發自內心，半點虛矯都沒有，卻沒想到因此獲得好人緣、好脾性，這能不歸功於我阿母的拙疏廚藝嗎？要是她老人家廚藝出神入化、妙不可言，外面的東西全給比了下去，朋友若做東西請我吃，我還能覺得好吃嗎？不好吃還得勉強回應說「好好吃喔」，豈不成了口是心非之人。還好，拜我阿母廚藝荒疏之福，我成了坦率又有人緣的人，這是第四個好處。

後來我阿母上來台北和我同住之後，煮過一段時間給我父親和我吃。過了三、四年，父親故去後，我怕她累，便常帶著她到外頭吃，大台北好吃的東西，我阿母大概都吃遍了。前一段時間，她忽然心血來潮，說想煮晚餐給我吃，我當然不好意思壞了老人家興頭，便答應了。我阿母於是每天又開始坐公車到菜市場採買食材，起先都是大魚大肉地煮，方法和以前一樣，多是加醬油沸水煮熟而已，我後來跟她說可以多煮點青菜，於是她每天多煮一鍋菜，加上原本的一道雞肉（或魚）和一道湯（多是蛤蠣湯）。我阿母仍維持我們鄉下的習慣一次煮很多，可以反覆蒸炊慢慢吃很多餐，我又再跟她溝通說最好分量煮剛剛好，這樣才可以每天吃到新鮮的，當然她還是很難改得掉這種習慣，她不能變通，我只好變通，所以我總是一口氣把一鍋菜全部吃完，沒想到我阿母看了樂不可支，以爲我吃不夠，隔天馬上改煮兩鍋菜，我不好壞了她的好意，也一口氣兩鍋菜一起嗑淨，然後千叮嚀萬交代，明天可不能再多煮一鍋菜了，「我已經吃到飽圓圓囉」，我阿母看我摸著圓滾滾的肚子，也覺得確實夠了，隔天才沒又出現另一道青菜哩。

至於我阿母的廚藝，經過歲月的磨練，有變得比較好些嗎？當然沒有。可是我依舊吃得津津有味，欲罷不能，因爲我已經活到這個歲數，知道很多東西並不是只有表面的滋味而已，我早就知道我阿母做的菜，沒有不好吃的，因爲那裡頭有她疼惜自己兒子的滿滿滋味，我每回吃都覺得好吃得不得了，有多好吃呢，簡直就是人間美味、天地至食！

「此味只應阿母有，他處難得幾回嚐」啊！

我和我阿母的外食記

老人家通常不太喜吃外食，因爲外食有三多，油多、鹽多、糖多，吃多了，很不利於保健養生。不過我阿母和人不同，格外喜吃外食，我自個揣度應該是她老人家從前住在鄉下，根本沒見過外食，搬到台北後，這才發現外食世界五花八門、琳瑯滿目，令人目不暇給、口不暇填，她也就不得不趕趁有生之年，積極探索繁富滋味的新大陸、新天地，遍嚐美味，一飽口福，如此方才沒辜負了天賜良緣。

我阿母自來台北與我同住後，爲了體貼她，讓她減少採買、洗菜、煮菜、洗鍋碗、整理廚房的辛勞，我時常帶她四處打游擊尋外食吃，不太讓她操鏟做菜了。平日下班後，我常開車帶我阿母造訪住家附近萬芳社區的自助餐店，店有三家，其中一家，油、鹽下得既多且重，菜肉總裹泛一層晶亮油光，閃閃動人，猶如小相撲選手在泥塗中汗水淋漓推擠廝纏一般，吃進嘴中固然可口，但吃久了恐怕體脂肪飆高、血壓飛升，老人家身體不堪負荷，後來便去得少了；另一家自助餐店，老闆娘一張臭臉好像積欠她幾百萬沒還似的，進了門，飯菜都還沒撿選呢，胃口登時倒盡了，心情也變忒差了，而且臭臉老闆娘還會給我阿母擺臉色，一會兒嫌我阿母弄傷了她的雞腿、一會兒嫌我阿母夾亂了她的菜色，東嫌西嫌，我和我阿母積了一肚子火，自此就再沒踏進這家店半步；三家餐店，唯有梁媽媽餐館，菜做得家常、做得美味可口，再加上梁媽媽人極和善，知曉我阿母個性，非但不以為意，還能寬容相待，每回都和我阿母有說有笑的，很是親切。登門來吃飯的顧客都喚她叫梁媽媽，沒想到我阿母也跟人叫「媽媽」，若是另一家臭臉老闆娘聽人這樣喊，肯定翻臉，但梁媽媽不會，連我糾正我阿母說你年紀比較大不能這樣叫人時，梁媽媽還會阻止說道：「沒關係，沒關係，你媽喜歡這樣叫，就讓她這樣叫啊！」所以我和我阿母很都喜歡上梁媽媽小館吃飯，那裡的菜色好、口味佳、氣氛好、油鹽又恰到好處點到為止，爌肉飯、獅子頭、紅燒吳郭魚等招牌主菜，我和我阿母一吃再吃，很是開心。

當然每天都吃梁媽媽還是會膩，所以得開發新餐廳，後來我們在萬芳醫院前發現一家新開的鐵板燒，我阿母沒吃過鐵板燒，感覺很新鮮，有菜有肉，現點現做，老人家邊吃還邊讚嘆說：「煮菜又兼表演，真鰲！真鰲！」還跟我說廚師的高筒白帽很好看，要我也買一頂給她回家做菜時戴。鐵板燒的老闆對我阿母很客氣，很能和她聊天，經常逗得她開懷大笑，我阿母便更愛去吃，可以開心聊天。我們一吃吃了好一陣子，結果有一天不知怎的居然停業了，我阿母覺得很可惜，因爲再吃不到溫馨的鐵板燒了。

後來萬芳醫院旁又新開一家精緻自助餐店，菜做得很好吃，用餐環境高雅、乾淨，二樓餐桌旁還有圓鼓鼓的金魚可以餵食，我阿母頗愛這家，邊吃飯還可以邊餵魚，但是好景不常，或許因爲菜價太高（我和我阿母夾兩盤菜，往往就超過兩百元），回客率減少，入不敷出，過一年多便關門大吉了。

萬芳醫院附近新開一家三媽臭臭鍋，這是我阿母冬天的最愛，但後來因爲都市更新，拆除舊屋，改建新房，又遷往別處，我阿母就少吃到她最愛的臭臭鍋了。後來又在附近，意外找到一家藏於巷弄內的越南餐廳，名喚西貢，已經開業多年，掌櫃的老闆和小弟都是越南華僑，不會講台語，和我阿母雞同鴨講，自然沒有齟齬，對我阿母也很客氣。我阿母酷嗜雞肉，對這家海南雞飯自是讚不絕口，雞肉鮮嫩柔軟，入口即化，完全適合我阿母所剩無多的牙齒咀嚼。又後來，有段時間我在世新大學兼課，發現鄰近考試院旁有一家自助餐，做菜水準和原先萬芳那家精緻自助餐相似，價格卻便宜一半，加上停車方便，所以我就常帶我阿母去那兒吃。

平常晚上吃食大約如此，但逢上假日，我阿母得「吃好料」才有度假感覺。我阿母很有口福，上來台北這幾年，大凡古今名餐、中外美食，幾乎都嚐遍了。好比說我帶她去吃「古拉爵」全套義式料理，西餐都是前菜、湯品、沙拉一道一道緩慢而優雅地上桌，我阿母吃了幾道前菜，就納悶地問：「這敢吃會飽？」我跟她解釋這是前菜，主菜還在後面，她就滿頭霧水，說：「這是咧舞哪一齣，我哪看攏無？」結果主餐上桌，是義大利麵和披薩，我阿母瞪大眼睛問：「啊，飯咧？敢不是要吃飯？哪吃這？」再經過一番解說是「外國阿兜仔（因爲我阿母不可能知道義大利，所以外國人一律稱呼外國阿兜仔也）攏吃這」之後，我阿母這才勉爲其難地吃將起來。結果離開餐廳時，一直對我抱怨說道：「我父我母，講欲吃好料耶，結果來喫麵和餅，眞正給我騙不識呢。」

後來我又帶她去吃價格不菲的日式懷石料理，菜也是一道一道上，我阿母這回來者不拒，一一掃入口中、喉內、胃底，待主菜生魚片上桌時，她先是皺了皺眉、搖了搖頭，說道：「啊是沒火是否，這魚仔怎不煮乎熟！」我跟她解釋這是日本料理，日本（我阿母唯二知道的外國國名，一是她出生的「日本」時代的日本，一是我爸來的「大陸」）把新鮮的魚切片直接生吃，她抱著嚐鮮心態，吃了一片，又勉強再吃了一片，這才抱怨道：「我父我母，足臭腥！」這當然是老人家傳統飲食觀念作怪，要是懷石料理「足臭腥」那還得了。

我也帶她去吃台北車站前、凱薩飯店地下一樓的「魔法咖哩」，或公館的「茄子咖哩」、「一番咖哩」的咖哩飯，但我阿母不嗜辣，頭一回吃因爲咖哩小辣，結果讓她老人家印象不好；第二回，又因為越光米過硬，讓她吃得有些辛苦，印象也不是很好；第三回她聽到要吃「佳里」，就「我父我母」地哀嘆起來了。所以她和印度或日本咖哩的緣分很淺、很薄。

後來我阿母牙齒蛀的蛀、掉的掉，能咬得動、吃得下的食物越來越少，有一回又為了不知該吃什麼東西才好而煩惱時，忽靈光一現，不如帶我阿母去嚐一回五星級自助餐，這樣她可以不受拘束、自由選菜，豈不妙哉。果然，到了餐廳，我阿母吃得不亦樂乎，飯湯菜肉，甜點冰品，無一不缺，而且還種類繁多，可以逐一品嚐。我阿母吃得滿嘴都是菜，已經腆著肚子了，還想要再多拿幾盤吃，最後實在吃不下了，我阿母意猶未竟地說：「那麼多菜，反正大家都吃不完，等一下我們拿塑膠袋包幾包『菜尾』回去當晚餐吃。」我跟她說不行，她還理直氣壯地回說：「菜是咱門花錢買的，怎麼不行？」我也不知如何解釋，因為這種城市飲食方式超乎我阿母的理解範圍，這可不是鄉下的辦桌呢！離開餐廳時，我阿母雖然沒包菜尾，但頻頻回首，望著吧台上的美食，依依不捨。等上了車，跟我說：「眞正有夠好吃，咱們明天再來吃好否？」——我當然覺得很好，但要是我阿母知道吃一頓飯得花掉快兩張「青仔面」，我阿母必定會「我父我母」驚嘆連連。

雖說我常帶我阿母到處吃喝，嚐遍各種美食，但我阿母並沒有想像中的胸襟廣大，可以容納各式奇珍異味，她老人家吃來吃去，最後還是只偏好台灣美食。好比說永康街有一家「呂桑食堂」，專做台灣小吃，豆仔魚、醉雞、炸蚵仔，我阿母特別愛吃，外國料理很難聽她讚一聲好吃，但到呂桑食堂，每道菜她都要誇獎一下，吃完後還跟我說：「較早攏黑白吃，有這好吃的物件，都不較早帶我來吃咧！」

又比方說，她也很愛復興南路的「無名子」清粥小菜，因爲清粥便於入口，菜色豐富便於選擇，用餐環境高雅明亮，停車還有專人泊車，簡直就是她的最愛。但凡我阿母覺得好吃，吃完必說：「下次還要再來。」所以有好一陣子，我們晚餐幾乎天天吃無名子清粥小菜，但是這家菜價不菲，隨便點個四、五道小菜，大概就要兩、三百元以上。吃了一段時間，漸漸覺得有些吃力，慢慢變成每隔一段時間才去吃上一回。我阿母吃過「無名子」之後，沒想到從此之後對一般粥店便失去興趣，因爲覺得沒「無名子」好吃，這當然是拿五星和一星比，很不公平，價格相差一大截，好吃肯定是必備條件，可我阿母不這麼想，往後一聽到要吃粥，若不是去復興南路，那她寧可不吃。一直到很後來，迫於牙齒越掉越多，能吃東西越來越少，這才稍稍勉強也吃一般粥品，邊吃時嘴裡還念念有詞：「還是街仔（我阿母稱復興南路）的糜較好吃！」

至於假日出外遊玩，若我和我阿母到了深坑，必吃豆腐羹、白斬土雞、炸溪蝦和蕃薯芋圓冰；到了淡水，必吃孔雀蛤（阿給、酸梅湯起先也吃，但後來吃膩了，就少吃了）；到了基隆，必現點現做碧沙漁港內的當令生鮮活海產，如紅蟳、旭日蟹、蝦子、海瓜子、紅甘魚、石斑魚、大蛤蠣、透抽等；到了福隆，必吃福隆火車便當；到了三峽，必吃牛角麵包；到了烏來，必吃泰雅族野味，如竹筒飯、竹雞、山蘇等；到了九份、金瓜石，必吃紅麴肉圓和芋圓冰；到五指山爲先父掃墓，回程必吃土雞城的白斬雞；到陽明山，必吃黑土雞和野菜；到金山，必吃老街鴨肉……。什麼好吃的、有名的，幾乎都讓我阿母嚐遍了啦。

只是我阿母記性不太好，經常忘記曾經吃過的東西。吃過的，會說沒吃過，曾經吃過覺得不好吃，過一段時間居然忘記覺得不好吃；曾經咬不動過，過不了多久也忘了。如此一來，有好處也有壞處，好處是可以不斷重複帶她去吃，壞處是有百分之八十的機率，不好吃的東西她還是覺得難吃，但有百分之二十會轉爲好吃；但是她若忘了曾經咬不動，但偏偏又堅持要吃，結果一定還是也吃不動，我阿母會吃兩口就說咬不動，我就跟她說：「不是早跟你說過吃不動嗎？」我阿母就答說：「我哪知吃沒法！」所以我後來只好自己變通，我阿母愛點就讓她點，我的這一份就點她可以吃得動的東西，換句話說，我和我阿母去吃飯，都是點我阿母愛吃、可以吃的，可從來就沒有考慮到自己想吃什麼東西哩。

還有我阿母對不喜歡吃的東西，從不懂得隱瞞，一旦吃到不好吃的東西，必定要一吐爲快，這時我就緊張兮兮的，在她準備向收銀員抱怨時，趕緊拉著她離開櫃台，怕我阿母又亂說話，但我阿母一副理直氣壯模樣，一直想掙脫我的手，說：「眞正足壞吃，還怕人講！」若是我阿母覺得好吃的，她必定讚不絕口，這是我就會故意讓她留在身邊，慢慢付錢，聽她露出眞誠表情向老闆說：「你家煮的菜足好吃喔！」我阿母發自眞心的讚嘆無不獲得老闆的開心回應，身爲兒子的我，對於我阿母這種落落大方的優雅表現，實在覺得非常光榮，眞是與有榮焉啊。

我其實也很喜歡帶我阿母出去外面吃，因爲我阿母一輩子也沒吃過什麼好東西，到了晚年雖然已經應該禁口養生了，但我阿母常跟我說：「吃乎死，較贏死沒吃！」這話實在豁達樂觀得很，所以我就盡量在她的身體健康和美食之間仔細拿捏、盡量平衡，讓她可以健健康康，又能吃到許多人間美味，好生彌補一下她過往那些吃苦、吃累、吃粗食的歲月。能在吃的方面讓我阿母感到一丁點的幸福和滿足，哪怕我這樣一天到晚奔波於美食餐廳途中，想來想去，還是十分値得啊！

我和我阿母的垃圾游擊小史

說到丟垃圾，不免長嘆一聲，也許不能只把責任全怪到我阿母頭上，所謂制度變革一事，原就是有人可以適應很好，有人則不行，我阿母恰恰屬於適應不良那種。在台北有些事適應不良，將就將就一下也就適應過去了，可偏偏丟垃圾這件事，我阿母可謂歷千劫而不悔，矢志不肯改，母子倆也不知因之而唇槍舌戰多少回了，最終她老人家仍舊選擇我行我素，偶爾爲討好我才勉勉強強略退一步，但好景不可能太長，不多時便又故態復萌、原形畢露，距離「台北人正確丟擲垃圾舉止」的標準總還有一段距離。

這一切得先從鄉下說起。我小時候，全家寄住在蔥子寮外公家，鄉下三合院哪有什麼衛生可言，外公家左護龍邊就有一處堆肥，什麼剩菜剩飯、雞屎人尿、稻薯蔬果無一不往上堆積，久而久之鼻子也就練成了「如入鮑魚之肆，久而不聞其臭」。更不用說戶外堆積式的廁所氣味有多麼濃郁繽紛，廚房裡躲在瓦斯桶櫃內的蟑螂是如何興旺橫行，半夜天花板上老鼠是如何異常雀躍興奮，而我們早就處之如常、相安無事，當時蔥子寮每一戶左鄰右舍皆是如此，也就沒什麼值得大驚小怪。問題就出在我爸後來費盡心思買了褒忠鄉一棟二樓透天厝，全家從蔥子寮搬進了褒忠新宅，沒想到日後居然改變了我阿母的情性。從前在蔥子寮我們都是穿著拖鞋進進出出的，戶內戶外沒什麼兩樣，可現在不行了，我阿母把室內磨石子地板刷洗得異常潔亮，規定家人都得脫鞋，才能進入客廳。褒忠新宅自然是聞不到堆肥、廁所氣味，當然更聽不見老鼠歡樂奔走之聲。但偶爾仍有幾隻驚慌失措的蟑螂身影跑出，但要是讓我阿母發現蟑螂蹤影，我只能說是那隻蟑螂倒了八輩子楣，我阿母一定毫不猶豫地空手（拿衛生紙？那太麻煩了）覆住蟑螂，再用力一壓，發出嗶爆聲響，若以為這樣就結束了事，那就大錯特錯了，我阿母還會彷彿與蟑螂有不共戴天之仇般，把蟑螂霍地抓起，兩手一起窸窸窣窣將之碎屍萬斷，口裡還念念有詞地說道：「乎你死！乎你死，死家蛇！」我頭一回望見我阿母這樣疾蟑如仇，簡直嚇了一大跳。但後來見多了也就習以為常了，只是每回我都會在一旁嘖嘖說她：「唉喲，你這個台哥鬼！」

褒忠鄉和蔥子寮自是不同，蔥子寮沒有垃圾車會來收垃圾，褒忠街上則有，從這點也可以判斷褒忠是比蔥子寮進步一些。在褒忠，家家戶戶都是把垃圾放在自家門前一個大垃圾桶內，垃圾車會挨家逐戶讓隨車人員把垃圾倒進車內。換句話說，家裡的垃圾是可以放在外面的。我阿母在褒忠生活了二十餘年，保有這種習慣也就可以理解，所以在她根深蒂固的觀念裡，垃圾是一定要放在外面，然後就有人會自動倒進垃圾車，根本無須煩惱。

但這種觀念到了台北就行不通了。我阿母剛搬到台北和我同住時，正遇上市政府推行垃圾不落地政策，也就是不能隨時亂拿垃圾出來丟在地上，偏偏我阿母又不識字，看不懂時間，我上班前跟她叮嚀每天只有六點半才能拿垃圾出來丟，她沒時間觀念，不是太早出來，不然就是人出來，垃圾車已經走了。我回到家後便經常聽她抱怨，說：「氣死人，等不到車。」後來有一段時間，完全沒聽到她在抱怨，我以爲她已經學會抓準時間倒垃圾，不料有一天住樓下的里長伯在一樓通道遇到我，說：「張老師，叫你媽不要亂丟垃圾，她都把垃圾丟在社區邊斜坡，很不衛生，還要讓清潔人員特地撿上來。」我聽了很錯愕，趕緊道歉，回到家著實唸了我阿母一頓，我阿母搖頭說道：「那這大片的所在丟一兩袋垃圾有什麼關係？」我說：「若是大家攏丟在那裡，不就臭厚厚！」我阿母還還嘴說道：「伊們會有我那麼巧？」我哭笑不得，又好笑又好氣地唸了她一陣，只見我阿母搖頭自言自語說道：「丟那隱閉，還有人會看到，奇怪?奇怪?」

唸過我阿母之後，我阿母每天又開始抱怨垃圾車不好等的話，這表示她有聽進心裡。只是又過了一陣子，她又不抱怨了。果不其然，她又故態復萌了，有一天她偷偷告訴我：「樓下公園裡面有一個垃圾桶，垃圾丟進去，有人會收走，有夠方便啦！」我又哭笑不得，只好再度費盡唇舌並曉以大義，說：「若是每一個人都把垃圾丟進公園垃圾桶內，公園不就成了垃圾堆。」我阿母又頗不以為然，逕自說道：「伊們有我那麼巧？」但是夜路走多了，總會出問題。有一天我下班剛回到家，便看見我阿母一臉愁容，幾乎就要掉下淚來，她扭扭捏捏地支吾了半天最後才說，她今天又要把垃圾丟在公園垃圾桶時，忽然冒出一個人對她猛拍照，還寫了一張紅單子給她，說要罰錢三千元，她很害怕，把單子拿給里長伯看，里長伯也說要罰三千元，並且把單子取走，希望我不要太生氣云云。我當然會生氣，結實又唸了她一通，再趕緊到里長伯家中了解前後事由，才得知原來是里長伯派人喬裝稽查員，要嚇嚇我阿母，讓她不要再把垃圾丟到公園裡。回到家後，我當然要配合演出，說這個罰款要從她的零用錢扣除云云，我阿母木著臉一臉無辜說好。沒想到這個效果挺不錯，讓我阿母從此再不敢接近公園的垃圾桶。

但是我阿母不知怎地忽然開始對家中的垃圾桶有了意見起來，先是把廚房和兩個房間的垃圾桶全都倒置，不讓丟垃圾，要丟垃圾一律丟在廁所內的垃圾桶，後來又變本加厲連廁所的都不讓丟，一律交給她集中在一張透明垃圾袋內，然後放在家門前安全梯的門後。我說不行，不能把垃圾放在家門外，母子兩人還為此吵了好幾回，我以為理直氣壯就可以說服我阿母，但不好意思，我阿母是性情中人，不來「有理沒理」這一套。後來我眞的吵累了，也就漸漸屈服於她把垃圾「暫放」在外面的舉動。我只警告她，要是又被拍照、要罰款，得從零用錢扣，她居然老神在在，答曰：「沒人會看到啦！」

後來我阿母變得對垃圾極度敏感，我帶她到處逛街買東西時，如果是買鞋子得要求商家要把紙盒、塞紙全部去除才能帶回家；如果是買衣服得把塑膠袋、商標紙、夾紙統統拿掉才能買下；如果是買漢堡則不要紙盒、買蔬果精力湯喝則最好當場喝完把紙杯送還店家、買來解口渴的鋁罐或塑膠罐飲料瓶則一定得在回家之前找個地方給丟掉；如果是買進入遊樂場的票券、指南，則不可以放在口袋偷渡回家……，要是讓我阿母發現了片紙半屑，她就能碎碎唸上半天：「你攏不免丟垃圾，不知丟垃圾的辛苦！」

我後來轉念一想，我阿母人生沒啥崇高目標可供追尋，她每天孜孜矻矻、斤斤計較於維持乾淨這件事上，——如同我家木頭地板已經潔亮異常，她仍是三不五時擦了又擦、洗了又洗，然後說她多累多辛苦云云；或者我的床單、被套、枕頭套還乾淨得很，她同樣一個禮拜就取出來洗刷曬晾，然後說我就是給你飯店的品質；或者我家廚房已經像樣品屋一樣清爽，她仍是要拿著穩潔和抹布洗洗刷刷，讓排油煙機、爐具、流理台和冰箱都閃耀著奇異的光芒；或者當天換下的少量衣褲還可以積多些再洗，她一定當日事當日畢，非得全部洗完不可，哪怕已經是半夜兩三點我才洗澡，她都要起來洗完衣才肯安心睡覺。——幾幾乎爲了拋擲垃圾這件事而成了到處打游擊的士兵（雖然行蹤經常露餡被發現），也為了堅持自己的潔淨目標而不惜和心肝兒子口角，這或許就是她的獨特人生觀也說不定。有時退後一想，這既然是她的人生堅持，也就難怪乎她總是「造次必於是，顛沛必於是」，擇善而固執之，儼然是有道之士了。那麼作為兒子的我，雖然不介意替她承受別人的偶爾指責，但在合理的範圍內，我還是得說說她才行，畢竟我仍得「行拂亂其所為」，或許才能「增益其所不能」，讓她感受許多憂患時刻，處在垃圾危機之中，或許她會覺得人生很有目標、很是精采也說不定，因為其他大事是不可能沾染進我阿母的思緒之中，反倒是丟垃圾一事讓她老人家覺得活得有滋有味、精采無比，十分重要。

這樣，我阿母因為不斷從事垃圾游擊戰役，必然得時時保持高度昂揚的鬥志與精神，而作為兒子的我，情願她一直如此，因為一個人到了老的時候還能保有這種高昂鬥志，臉色必然紅潤飽滿、神情必定愉悅開朗、手腳必然靈活俐落、意志必定堅定明白，——一點兒沒錯，我阿母的確就是那個樣子。

我阿母的道家小觀行

《道德經》第二章：「天下皆知美之爲美，斯惡已；皆知善之爲善，斯不善已。故有無相生，難易相成，長短相形，高下相傾，音聲相和，前後相隨。」容我先稍稍詮釋一下這幾句話，老子的意思約略是說：天下人一旦有了美的概念，知道什麼是美的東西，懂得追求美的事物的同時，自然就產生醜的概念了。假若天下人一逕地追美品而棄絕醜物，形成這種風氣就不太好了。換言之，人一旦有了概念的區別心，就容易產生對立與差別，有和無、難和易、長和短、高和下、音和聲、前和後等相對概念也就被確立、穩固起來了。再加上人一旦有了區別心，偏見即隨之而來，也就更不易見著眞正的全體大用了。

我阿母目不識丁，一派淳樸天性入世應事，照理說是最適合禪宗修習，所謂「不立文字、教外別傳」、「明心見性、立地成佛」，她老人家全然沒有文字障的問題，也犯不著下任何明心見性工夫，因爲早就誠心眞性入世六十餘年，未嘗片刻虛假過。關於我阿母的佛教因緣自當另撰一文說明，此處暫且按下不表。只是我觀察我阿母日常生活舉止，居然好些個地方還頗近似道家，與上述引文之具體實踐尤爲貼切。

比方說，我們以前住在鄉下，包包一物，只講究實用，凡好使好拿，便是好包，故而書包、棉布袋、三色塑料提袋、半斤或一斤塑膠袋，便於買菜、糴米、摘花生、裝書，即是好包。但等我長大上台北，進社會後，方才知道有所謂名牌包云云，而自從懂得區分名牌與非名牌包之後，竟沒想到生活習慣會因之而略略改變，好比說以前走路並不刻意看人所背所提爲何款包包，但現在也懂得要望一眼交錯而過的人的手上肩下，然後心裡暗自揣想。喔，是某某包喔。如此一來便有了差別心，或以爲身背名牌包者，較爲高貴、略勝優雅，或不以爲然認爲只是附庸風雅、追逐流行之徒，或甚至有時疑心其所背者爲贗品豈不自取其辱云云。轉瞬之間，心思紛紜、妄想多端，僅僅只因懂得區分名牌包之念而起。我阿母就完全沒有這種困擾，她大字不識一個，自然分不清名牌與非名牌之別，也就沒有任何價值的差別心。有一回我大哥從國外出差返國，特地買了個ＬＶ斜肩小包，當作母親節禮物送她，好讓她裝錢背著上市場買菜用。就在我們讚嘆不迭時，我阿母也背上背下，歡喜異常。隔天也果眞背去市場買菜。只是好景不常，過了一個多月，我發現她又背回原先的一百元斜包，我問她怎麼不背大哥送的包包了呢？她回答說，不順手，不好背。我接著問，那包包呢？她說，丟掉了。我趕緊問，丟哪？她一派輕鬆道：「就丟在菜市場垃圾桶內。」——讀者莫要和我一樣惋惜不已，這樣便落入區別心的牢籠之中，離我阿母的道家觀行境界，相差忒遠了。

我阿母經常同我抱怨膝蓋關節痠痛，爲此我時常帶她上醫院看骨科醫師、也往膝蓋內打過止痛針、也買好些個痠痛貼布貼、也買數瓶維骨力吃，可謂用盡心思。後來想到應該幫她買一雙較好的球鞋穿，可減輕膝蓋承受過重壓力，便帶她到運動用品店賣了一雙NIKE球鞋。我阿母自然是歡喜異常，隔天也果然穿上新鞋和鄰居阿媽四處玩耍。過了一陣子，我阿母又穿起她先前於菜市場買的鞋子，鞋櫃裡又不見了新球鞋。我問她，球鞋呢？她說，丟掉了。我問，爲什麼丟掉？她說，穿起來太熱。我趕緊問她，丟哪裡呢？她說，丟進垃圾車，載走了。等我還在大聲同她解釋說，那一雙鞋有多貴多貴時，她只淡淡說道：「那呢熱，教人按怎穿，你不要給我騙，菜市場一雙鞋才一百元，不可能有多貴。」由此可知，道家思想和世俗觀念要進行溝通的確是有那麼一點難度。後來我也學乖了，日後若我阿母要買新鞋，我就帶她到台北車站地下街（台北車站北側，市民大道段），這裡一雙鞋要價一百（如今已漲至兩百），每回我們都買足五、六雙，我阿母開心，不喜歡就不穿了；我也很開心，因爲丟五六雙還比不上一雙NIKE球鞋貴哩。

我阿母好用大同電鍋，住鄉下時用，上來台北也用，不過有一回我阿母看別家阿嬤都用電子鍋，很生羨慕，便自個兒偷偷存了零用錢，也買了一個電子鍋來煮。我一看流理台上新買的電子鍋，是沒見過的品牌，圖案也不甚特別，心想或許她買到便宜貨也說不定。但是電子鍋對我阿母而言，按鍵之複雜著實讓她很頭痛，學了很久還是搞不太清楚，漸漸地電鍋和電子鍋又輪流出現流理台上，到後來果眞和以前一樣，電子鍋被淘汰了。有一天我阿母叫我處理掉電子鍋紙箱，我才赫然發現，天啊，那是「象印牌電子鍋」！原先以爲雜牌電子鍋棄之而無憾的平和心情，一下子又波濤洶湧起來。——而這，正是區別心的起念處，也是修養不夠的鐵證。

我們家住在十樓，又在山上，夏天到來，照理說是不太熱的，只要房間窗戶打開，涼風就颼颼灌入，好不涼爽。偏偏我阿母認爲，開窗戶會有小偷爬進來，怎麼說都不讓打開，然後整天嚷說：「將欲熱死！將欲熱死！」作爲兒子聽見母親這般訴苦，還能置之不理，那就太冷酷無情了，我自然不是，所以趕緊縮衣節食，省下一筆錢，買了一台窗型冷氣，讓我阿母涼快涼快。我阿母房間原就留有窗型冷氣口，順利裝上，但沒想到，窗型冷氣電壓爲一百一，施工師父貪圖方便，未把上方兩百二電壓插頭改成一百一，而直接將冷氣插頭插進下方的一般插座上，只貼張膠帶說明兩百二電壓不可插用便了事。一整個夏季過去，我阿母涼爽度日自不待言，到了冬天，我阿母便把插頭拔起，以免危險。到了來年夏天，天熱難耐，我阿母又想開冷氣，她老人家自看不懂上頭警語，只覺得插頭插入較近處就好，便把膠帶撕開，插入冷氣插頭。後來據我阿母描述，當時引擎轉動幾聲，接著噗嗤轟然一聲，好似有火花，然後冷氣就動也不動了，著實嚇她一跳，趕緊拔回插頭云云。但一切都已經來不及了，冷氣機師父前來修理，開關器、壓縮機陸續宣告無力可回天之後，整台報銷，只能另換一台新的了。我忍不住向我阿母抱怨，她依舊是一派道家風範：「啊，你做老師，再買一台冷氣有這困難喔？」

如此看來，我阿母的確是毫無區別心的人，能夠看透有無、難易、長短、高下、音聲、前後等相對概念，也十分符合老子所說的「天下皆知美之爲美，斯惡已；皆知善之爲善，斯不善已」的人，而倘若作爲她兒子的我還要一直斤斤計較、惋惜懊惱、患得患失於珍貴事物的擁有或失去，或者更推而廣之還汲汲追求於世間的勝負得失、功名利祿、長短優劣，——那就實在是太沒有乃母之風了吧。

我阿母的信仰諸因緣

大凡人活到一定歲數，自然就免不了對另一世界充滿許多想像，尤其是剩下日子已經遠遠少於曾經熱烈存活過時光的老人家們，想像程度尤爲緊迫急切，可偏偏沒有人（神當然不算）能以過來人身分（因爲過去就回不來了）現身說法，描繪一下往後的世界究竟是如何如何，好讓大家能夠開開悟，長長見識，同時指引大家一條明路。於是乎，不知將來究竟如何的人，除了少數視死生如草芥的豪爽之士，能夠一派坦然無憂無懼面對死亡之外，其餘就紛紛轉尋各種可能管道，如攀附哲學思維以增強精神力道、尋求科學知識以展現風神灑脫、追隨奇人異士以壯大自我勇力……管道之多，無法逐一縷述。然而不可否認，絕大多數的人皆殊途同歸地選擇了宗教，原因固然很多，簡單說來，卻是宗教雖有其世俗教化的一面，但對死後世界的描述卻始終不遺餘力，早早提供了一條足堪遵循的道路。

我阿母從什麼時候開始認眞信仰宗教，已經不可考，但至少從我們以前還住在褒忠老家時，她老人家就對神明充滿虔誠敬意看來，少說也有三、四十年了。我們老家每天早晚三支香祭拜的主神是九天玄女。莫說九天玄女是西王母的得意弟子，後來又受王母之命傳授兵符給黃帝的這種神仙來歷，我阿母當然不知道之外，恐怕連九天玄女是父親特地從蔥子寮古安宮擲筊請來的，我阿母是否還記牢我都很是懷疑。但這些全都無妨於我阿母仍是個虔誠信徒，因爲每逢蔥子寮九月十五日九天玄女壽誕大拜拜這一天，她無論如何也會不落人後地趕回娘家鬥鬧熱，看歌仔戲、布袋戲、脫衣舞，順便吃上一頓辦桌的好料——我阿母什麼都忘，什麼都記不太得，偏就九天玄女壽誕我阿母始終記得緊牢。如此難得好記性，能說她不虔誠嗎？

我長大後，抽到金門當兵，鐵打般的父親，身子骨忽急速朽壞，經常得跑醫院，偏偏我人又遠在金門，遠水救不了近火，每回打電話回去都十分擔心，只能任由不識字的阿母帶著父親前往北港就醫，其中辛酸焦慮自不足爲外人道。照例打電話回家問安，我阿母便提起一位「聽道」的朋友，叫做「阿展」，說他時常好心開著他的車，特地送兩個老人家到北港看病云云。我一聽是聽道的朋友，直覺以爲是神棍騙徒之類，心想天下哪有這麼好心的陌生人，便趕緊追問是什麼聽道的朋友，深怕兩位老人家受騙。我阿母不明所以，只說是去龍岩村聽道認識的朋友。我一聽，更加懷疑了。等父親接過話筒之後，方才得知是經人介紹，去聽一貫道講道所認識的朋友。我起先還有些疑慮，但是日久見人心，之後整整一年時間，阿展先生替我照料好我的父母親，噓寒問暖，無微不至，經常開車載他們去聽道、去看醫生，照顧之周到遠比我這個人在外島的兒子好上幾萬倍。有一回，我透過電話向素未謀面的「阿展哥」表達我心中滿滿的感激，只聽他客氣地回說：「道友之間互相照顧是應該的啦！不用客氣，不用客氣。」——這是第一次我真實感受到宗教所帶給我們家的巨大溫暖。後來我從金門退役，爲了方便就近照顧，把父母親接來台北同住，在褒忠老家收拾細軟時，意外在客廳抽屜內發現了一張小紙卡，上頭寫著我阿母的本名、法號、點傳師的名字，以及日期——原來是我阿母皈依一貫道的證卡。

照這樣看來，我阿母是九天玄女信徒，同時也是一貫道的信徒了。

上來台北後，她又認識了一位在家比丘尼，這位比丘尼經常帶著她到處玩耍，當然也領她參訪了當初比丘尼剃度出家的寺院。有一天，我阿母突然跟我說她明天就要住進寺院了，並且以後都要和師父（我阿母稱那位比丘尼叫「師父」）住在那裡，不回家了。——要是一般人大概都會緊張萬分，深怕一轉眼自家人就看破紅塵出家去了，但我太了解我阿母了，我料定她不消三天必定回來，因爲她已經過慣舒活爽快的日子，寺院裡的清苦生活肯定適應不了——果不其然，我阿母自個兒回來了，但和我先前預料有些出入，她老人家不是第三天回來，而是第二天就登登地溜回家了，一邊擺放行李一邊埋怨道：「我父我母，攏沒吃肉我哪承耶著？」彷彿受了極大委屈一般。

師父送了我阿母一串長佛珠，配上父親過世時特地買來擺放靈堂的小佛唱機，忽然之間我阿母又成了虔誠的佛教徒。每天傍晚，她必定從電視機下的櫃盒內，取出佛唱機，扭開開關，讓「南──無──阿──彌──陀──佛」的梵唱聲充滿客廳，接著再拿出長佛珠，她老人家便端坐在電視機前的地板上，前額低垂，兩手不停息地捻動一顆又一顆串珠，嘴上念念有詞，眼神充滿虔誠。等轉完佛珠幾圈之後，她才鬆了好大一口氣，將東西全都收攏放回矮櫃內，像是又完成了一件重要事情一般。當然，也不見得每回都能如此鄭重其事，好比有一次我們又要到夜市去玩小彈珠台，臨出門她才想起今天日課還沒做，但已經要出門了，她左右思量，覺得日課荒廢不得，但也不能晚些出發，這樣就少玩了一點時間，猶豫了一會兒後，只見她急急忙忙走至電視矮櫃，快快取出佛珠，一手捏住一端，另一手飛快拉過佛珠，一拉就是半圈，一下子就「轉過」五六圈了，然後喜不可遏地朝著我笑：「好囉，我唸經唸剎囉，咱們來去夜市趣玩囉！」

至此，不用我說大家也都知道，我阿母又多了一層佛教徒身分。只是她老人家大字不識半個，肯定無法理解佛教名相奧義，好比說原始佛教所說三法印、四聖締、十二因緣，必然是兩不相涉了；至於印度佛教傳入中國後所產生的三大宗派體系之一的天台、華嚴兩宗，講究法界緣起、三諦圓融諸說，那更是完全不知「道」啊；倒是「不立文字，教外別傳」的禪宗，好似有點兒親近，尤其六祖慧能也和我阿母一樣不識字，似乎我阿母很有依附名門正派的可能了。但可惜的是我阿母還是沒那樣慧根，既不會參公案，也沒能寫出一首像「本來無一物，何處惹塵埃」的好偈語，只好又和禪宗失之交臂了。後來我約略明瞭師父給我阿母參悟的方便法門，大概是屬於淨土宗一派，也就是稱念口誦佛名，希冀藉由彌陀本願他力，以祈求獲得往生西方極樂淨土的修行方式。——但問題是，我阿母連東、西、南、北是哪個方向也搞不清楚，更不用期望說她會知道什麼是極樂世界了。

所以當樓下的里長伯，趁我假日要到學校加班時，順口邀了一下我阿母到教會參加禮拜，沒想到我阿母也興沖沖跟著一起去了。起先去得很勤，也很開心，回來後還跟我說很多人，很有趣，後來漸漸就去得少，我問她怎麼不去了，她只搖搖頭說：「師父咧講道，啊我聽道攏聽無。」原來牧師（我阿母一律叫成「師父」）布道時說的都是國語，我阿母一句也聽不懂，坐久了也就沒趣了。要不，說不準過一段時間，我阿母會跟我說他今天在教會洗身軀囉（我猜想她老人家一定會把受洗講成這樣），然後她又可能成了上帝眷顧的子民。

後來，我阿母年歲越來越大，大到開始意識到生命盡頭的難題上。有一天她忽然問我：「阿誠，我何時會死？」我沒料到她會問得這樣直接，一時不知如何回答是好，便想個比較婉轉的說法告訴她：「阿母，你還會活足久耶呢！」她不以爲然，反問我何以知道。我答說：「因爲我爸才剛到天上去沒多久，伊怕你太快去找伊，又要每天給伊細細唸，伊會承不住，所以我爸在天頂會保庇你，乎你活夠本，活足久！」我阿母先是笑了一下子，然後表情忽然變得嚴肅說道：「三八囝仔，黑白講！阿誠仔，我正經給你講，後擺我若過身，你要給你爸講，要來給我接，不通乎我找無人，知否！」——我這才恍然大悟，我阿母雖然也跟著人家拜神、拜佛、上教堂、做禮拜，亂信一通的，但到頭來，她還是只相信她老公，雖然她什麼都不會也什麼都不懂，但她知道這個世間上對她最好的人，除了她老公之外，還是她老公。她就算死了之後，還是要和老公在一塊兒，所以，我爸才是她內心最穩固的信仰。

廁所地圖

現今十分流行衛星導航機，車上裝一台，按出電子地圖，從甲地到乙地，哪條路順暢易走，哪條路寸步難行，輕輕一按，一目瞭然，甚至還能列出沿途名勝古蹟、美食餐廳、民宿旅館、觀光景點等等，功能之強大複雜，地圖之詳盡擬眞，已經到了方便無比的地步了。只可惜我是個傳統地圖愛好者，喜歡自己察看地圖研究路線，哪怕最終落入塞車陣中，我還是能翻查地圖趕緊尋找替代道路離開困境，一切操之在我，而非受制或取便於電腦。另外還沒敢買台衛星導航機的兩個原因，一是價格實在不菲，二是我最需要的資訊，導航機未必能提供。

我需要的資訊，就是廁所地圖。切莫小看廁所，萬事皆可忍，唯尿急不可忍，膀胱暴漲事大，大過生死交關；憋尿事危，危甚星火燎原。我之所以需求廁所地圖孔急，主要是因爲我阿母，大凡老人家上了一定歲數，膀胱自然不似年輕時大大有容耐貯好用，尿急、頻尿也就成了家常便飯，偏偏我阿母又有糖尿病，頻尿現象更是雪上加霜，雖說血糖控制差堪合格，但頻尿現象並未因之而改善多少，好比說距離我家約莫十五分鐘車程的景美夜市，每個禮拜我都會帶我阿母去玩她最心愛的小彈珠台時，臨出門才上過廁所，中途還得再找一處地方給她解放才行。最起先我不明所以，還會責怪她：「不是才剛放過嗎？哪有這多尿？」甚至還會要求她再多忍耐一會兒，結果有回她就在奔向廁所途中忍不住尿出來了，我阿母像犯了錯的小孩低頭不語，很是抱歉。後來她聽我還是抱怨頻尿太誇張時，就有些哀怨地說：「這厚尿也不是我願意啊！」我這才驚覺到自己是如何不能體諒老人家的辛酸無奈。

一個人頻尿，自然稱不得是多風光的事，日本有句諺語，說頻尿是「離廁所很近的人」，這話有些道理，但人不遠廁，廁所卻未必近人。人還年幼無知時，拉撒何其任性自由，常尿於所當尿，撒於所不可不撒，不擇地而皆可出，毫無顧忌，拉撒之後只消盡情一哭，便會有人來料理穢事、更換尿布之類的。然而一旦長大之後，便失去此項權力。常人假若不堪回首之糗事，往往多是就讀幼稚園或國小低年級，一不小心忍禁不住，尿濕褲底，現場狼籍淋漓一片，苦主經常動彈不得，也不敢嚎啕大哭，只是呆若木雞端坐原位，淚眼婆娑等候老師前來解圍，但此舉必然成爲同學口中笑柄，有時多年之後猶訕笑不已。此後長大成人，雖偶有憋尿情形出現，但絕少尿失禁糗事重複發生，只是忽忽臨屆老年，尿急竟成了常態，憋尿更是司空見慣，唯此時卻不能再和年幼時一樣，想尿就尿，肆無忌憚，因爲數十年的禮儀教養，再不能從心所欲而任意踰矩了，他們的確得靠廁所靠得比較近些才行，——這也是老人家比幼童辛苦的地方。

廁所在哪裡？這是每回我要帶我阿母出去玩耍，確定好地點、規劃好行車路線之後，最需要認眞擘劃與解決的問題。哪些地方有廁所？常人首先想到的必是加油站、車站（捷運站）、停車場、餐廳、百貨公司、政府機構、表演場所等等，這樣看似足夠，其實仍嫌不足。之所以看似足夠，主要是在市區這些地方隨處可見，好比說我帶我阿母去東區信義威秀看個電影，哪怕她要頻頻上廁所，只要離開座位走向廁所，戲院內就夠自給自足了，根本無須外求；或者像台北車站地下街，地下停車場出口就有台鐵廁所，地下街更是百步之內便有一間廁所，是非常貼心的處所。但，之所以仍嫌不足，主要是因爲一往郊區走，馬上就會出現廁所左支右絀、青黃不接的情形，好比說帶我阿母搭捷運去淡水，從公館出發，約莫一個小時可達淡水，但車廂內並無廁所，我阿母要是能忍一個小時大概也就破了自己的金氏世界紀錄了，所以我們得依漲尿程度，在中途暫停下車一、兩站，好讓我阿母方便舒壓一下。（至於淡水老街、河畔，有流動廁所，餐廳又多，廁所不虞匱乏，較爲安心無慮。）又好比說，我載我阿母到三峽、北海岸、六福村或宜蘭等地玩耍時，上高速公路前必得先找加油站上過一回自不在話下，沿途還得仔細注意休息站和交流道，若是接近時就得問一下我阿母說：「有緊尿無？」一有緊急情況，就得馬上轉入休息站解放，甚至不惜轉下交流道找廁所，因為一旦錯過了就得好長時間才能再碰上。

但並不是每回都能像久旱逢甘霖般奇蹟地順利找到廁所，找不到廁所怎麼辦？只好趕緊路邊停車，打開右側前後車門當作掩護，好讓我阿母寬衣解帶，露出肥白豐臀，蹲踞兩扇車門之間，方便解洩。——這是任誰都不願意遇上的難堪景況，不過一旦遇上了也就顧不得教養和面子，因為憋尿非但不舒服，更會傷身。——我阿母常在許多人算不如天算的急尿狀況下，如蜿蜒山路、蔚藍海岸、田間小徑或高速公路上，顧不得許多異樣眼光而解褲舒放。有一回我印象特別深刻，我帶她到三峽再往東邊進去的滿月圓玩，沿途油桐花盛開，漫山遍野，燦爛異常，綿延不絕，心頭忽浮現「油桐花，是山神捧著一樹樹的白花，伸手向海神示愛」如詩般的句子時，我阿母忽說伊緊尿囉，我便趕緊找個僻靜無人的路邊角落，讓她老人家方便解尿，就在我阿母走進路邊樹叢深處，脫褲蹲妥，發出窸窸窣窣的急流聲之際，我赫然發現樹梢間篩落的陽光下旋落一朵又一朵的小白花，細緻而美好地旋落，旋落在我阿母的身上及其四周，左近地上鋪滿小白花，猶如五月殘雪般，忽然我竟感覺我阿母是在大自然的光輝之中將其體內水分回歸給天地，她的姿態與動作是如此的純眞莊嚴而美好，一切就在極其美麗的油桐白花精心布置之下，閃現著自然的平和佳美。

廁所已不易覓，又要覓得適當廁所，難度自是增加不少。正常人上廁所大抵不愛坐式馬桶，因爲人盡可坐，糞尿又難免四溢，因此下意識總是嫌髒，故而男生一旦要使用坐式馬桶，常將坐墊翻起，雙腳直跨馬桶磁座兩側，猶如腳踏船舷；女生也是翻起坐墊，弓膝半蹲猶如馬步，就是不肯讓自己碰到坐墊，而且心裡頭還會埋怨著，爲何不全改成蹲式馬桶？這樣不較爲衛生嗎？我以前也作這般想，但自從我阿母上了年紀之後，我才知道老人家關節退化，膝蓋蹲不得，勉強蹲下去了，也不一定站得起來，坐式馬桶才是他們利便的如廁工具。但驚人的是，有些地方並不提供坐式馬桶，這對我阿母自然是一種難題，我阿母已經蹲不下去了，只好用雙手扶著牆壁勉強半蹲如廁，有時還會濺濕褲管，很是狼狽，上一回這種廁所就是一次折磨。好在其他許多地方會有殘障廁所，殘障廁所大多寬敞舒適（方便輪椅進出），我阿母很是歡喜，但有一回她在誠品書店地下室的高級殘障廁所如廁時，我幫她從裡面用按鈕把門關上，門還沒關上我就先閃身出來，然後跑去男廁上廁所，才上到一半時，便聽得外面大聲叫喊：「阿誠啊，救命喔，我乎關在便所裡面，開不出去啦！救命喔！阿——誠——啊——！」聲音之巨大淒厲，大概整層樓都聽見了，我聽到後隨即奔出，在門外教她按哪個鈕才能打開門云云。不料我阿母經此一嚇，以後每次要進到殘障廁所，絕不讓關門，必定讓我在門口守著，要不，就是我也得跟著在裡面陪她才行。

我阿母如此頻尿，自然就不能再和往常一般，她想跟鄰居阿媽們一起四處坐遊覽車掛香、遊玩，就不讓她去了，因爲私人遊覽車總是不讓使用廁所，我擔心她憋壞膀胱、傷及腎臟，所以只好自己經常帶她四處遊玩，可以隨時隨地方便解放。有一回，她又向我央求說想和鄰居去哪裡玩，我開出的條件是不能憋尿，所以得包尿布才行。我阿母立刻回絕，因爲她認爲包尿布會有尿騷味、不舒服，而且只有小孩子才包尿布。我忽然想起先父晚年身體不好、行動不太方便時，也是我幫他包尿布、換尿布的，我阿母會不會很直覺地想起往事，卻沒有說破，但是下意識地堅決不肯。

就在那一剎那，我才恍然大悟，我每回小心翼翼標註的廁所地圖，每回順利又及時找到廁所，而我阿母還能自己走進廁所如廁，這是多麼大的幸福啊。倘若有一天，我也要幫她包尿布、換尿布時，或許我還會相當感傷地懷念起我幫她標註的廁所地圖吧，因爲那時侯她還能好端端地同我四處玩耍，我們還會爲了尋找廁所而有患難與共的感覺，爲了終於找到廁所舒放而有了總算鬆一口氣的成就感，這不就是我們母子倆共有的特殊的親密感情嗎，——而且居然會是在一間又一間的廁所，一回又一回的尿急的景況之中。

——我多麼希望，我阿母的廁所地圖可以用得長長久久，永遠沒有棄置的一天。

豐乳肥臀

父親故去之後，便只剩我與阿母相依爲命。

那時，我大學剛畢業，一邊讀研究所，一邊工作賺錢，父親雖沒留下什麼遺產，但也沒留下任何債務，算是不幸中的大幸。可我絕不能像同齡者一樣，大學畢業之後，可以盡情享受幾年自由愜意的獨身生活，因爲我必須養家，還已經把鄉下的阿母遷來台北同住，便於就近照顧。

父親故去之後，我阿母經常跟我說她在我們賃居的五樓公寓窗邊，望見父親正坐在樓下公園鐵椅上，背對著她，目光望向遠方。阿母一發現父親，趕忙打開窗戶，朝下大喊：「阿榮仔！阿榮仔！」但父親沒有回應，連轉頭都沒有，阿母很是生氣，一邊扭開大門、乘坐電梯下樓，怒氣沖沖要到公園找父親理論，一邊自言自語說道：「好好，轉來都沒來給我看一下！好好。」——結果每天傍晚我一回到家，阿母就同我抱怨：「你爸明明坐在公園椅子上，我一下去找就找無人，故意和我躲相找，氣死人！」

賃居的公寓，只有一間衛浴，常常隔著一扇門板，我還能聽見阿母在浴缸的流水聲中喃喃自語：「明明就有人，下去就找無，眞奇怪。」阿母洗好澡，若是在夏天，她會濕著頭髮，只穿一件粉紅色寬鬆大內褲，光著上半身就走出浴室；要是在冬天，頭上會加裹一條毛巾，仍舊裸著上半身，單穿一條大內褲。阿母這種習慣，從我小時候就有了，習聞多見，早就不以爲意。那時候，我們還住在鄉下，輪上洗澡時，父親和阿母都是一塊兒洗，洗完後，父親會穿一條白色四角內褲出來，阿母則只穿一條粉紅大內褲，袒露一對大而豐挺的奶子。當時她個子雖然矮小，但胸部卻是異常飽滿扎實，皮膚緊緻佳好，畢竟當時她才三十歲出頭。至於父親雖然已經五十二歲了，但因長期在工地操勞，鍛鍊出一身精實肌肉，容光煥發，也就看不出中年老樣。任誰都看不出來這是老少配的婚姻，但因父親是外省人，居住在全是閩南人的村莊之內，卻是怎麼都過於顯眼的存在。後來我慢慢長大，上了國小，漸漸有了男女之別的概念。有一次，趁著阿母洗完澡，依舊光著上半身出來，我鼓起勇氣同阿母說，希望她以後要先穿好衣服才出浴室。阿母聽完，哈哈大笑起來，指著自己的胸乳說：「這是你吸吮大漢的呢，有什麼好拍勢！」

這時，阿母又穿著一條粉紅內褲就出來了，站在浴室門前仔細擦乾全身，然後喚我從房間出來，幫她擦藥。我讓她坐在客廳沙發上，拿出軟膏幫她擦背，她右背上帶狀皰疹已經漸漸結痂，眼看就要好了。——起先快發病時，阿母洗完澡，常叫我幫她檢查一下，怎麼右背和右胸又痛又癢的，雖然我發現上頭長了一些小水疱，但誤以爲是濕疹或痘痘之類的，不以爲意，便說沒關係，自行拿了黴菌軟膏擦擦。過一、兩天，阿母還喊痛，我又誤以爲是買菜提重以致肌肉拉傷，換擦痠痛軟膏。又過幾天，阿母痛到受不了，自己跑去看醫生，這才發現是帶狀皰疹，然後背上、腋下、右胸側突然冒出大量水疱，密密麻麻，越長越大，最後竟大到像鮭魚飯上的鮭魚卵一般，剔透、晶瑩、飽滿，擁擠成一大片。——帶狀皰疹是神經病毒，無藥可醫，但發完便可痊癒，時程依抵抗力強弱約莫一至數個月不等，而擦藥在水痘上主要是避免感染，同時又有止痛消炎效果。

我總是先幫阿母擦好後背、腋下部位，然後要她端正坐好，我就正對著她蹲下，兩眼在阿母的胸前仔細察看，小心翼翼地用右手掀起右乳房，再用左手拿沾滿藥膏的棉花棒慢慢塗擦。我一邊塗藥，一邊端詳阿母乳房，近在眼前、手上，這一對我從小看到大的阿母的乳房，早已下垂，和年輕時的堅挺相比，如今像是洩了氣的水球，扁扁地垂貼胸前，直直垂下之姿彷彿要緊緊依偎著下方鼓起的大肚腩似的，這個我曾於襁褓懷抱之際忘情嘟嘴蠕動吸吮過的，或許也曾經過度囓咬而弄痛或甚至咬破了阿母膚體的，也曾經一而再出現豐沛乳水餵養過我生命的泉源，如今早已乾涸枯槁，活像一包被廢棄的水袋耷掛在那兒，兀自憔悴，兀自落垂。這時我阿母忽伸起左手，一把撈起右奶，對我說：

「這樣你較好抹！」

父親和阿母的結合，或許也算得上是時代造成的悲劇。倘若父親當初並非隨國民黨軍隊來台，最終又無可奈何被迫接受反不了共、復不了國的事實，又並非已經蹉跎到四十五歲了，他怎麼也不可能會和阿母結婚，因爲他在江西老家還有一個未婚妻在癡癡等他，哪怕我阿母當時年紀輕輕才二十六歲（可以生小孩），但外加一份異於常人的性情（聞知者色變）。但我父親沒得挑剔，因爲他年紀大了，而且還是個外省人，別人沒挑他就算好的了。婚後兩人果然水火不容天天吵架，我還小時，他們倆可以爲了添油多寡吵到小孩管教，再吵到日常用度撙節與否，生活瑣事幾乎無所不吵，有時吵到不可開交，在廚房摔鍋砸盤，在客廳扔衣丟書，甚至大打出手也是有的，根本無暇顧及我早瑟縮在樓梯邊乾著急猛掉淚。後來父親年紀大了，他再沒氣力吵了，我阿母性情當然沒變，仍是一邊嘴裡不饒人地唸他，但另一邊卻還是悉心爲他把屎把尿，無微不至地照顧著，一直到父親過世爲止。——居然兩個人吵一輩子，到頭來，卻始終不離不棄。

父親過世前，在病床邊交代我：「你母親雖然不可理喻，但是內心純潔善良，再怎麼說她都是你母親，你必得要好好照顧她一輩子才行。」

阿母又如往常一般從浴室光著上半身出來。這次，她有些不好意思，扭扭捏捏地跟我說，要我幫她看一下屁股，已經癢了好幾天，甚至癢到陰部了。我雖然有些錯愕，但因有過上回帶狀皰疹的經驗，沒敢輕忽，趕緊要她用手扶住沙發，幫她脫下內褲，用手分開肥碩的臀肉，發現肛門附近，長了一些濕疹，附近周圍留有一道道抓痕血絲。阿母說：「已經癢好幾天了，不敢給你講，自己抹藥又抹不到，越抓越癢，抓到都破皮流血，痛得受不了。」我原先要帶她去看醫生，但她執意不肯，最後我只好到藥局問藥劑師，買了陰部專用止癢去黴軟膏來先擦看看。

等阿母洗完澡後，我才幫她先塗擦屁股，要她用雙手扳開兩側臀肉，好讓我拿棉花棒沾滿藥膏，直接塗擦肛門四周的濕疹患部。擦妥後，得再塗擦陰部，但我並沒有讓阿母像坐婦產科內診座椅大張其腳，莫說阿母會覺得「羞死羞種」，連我都覺得不太妥當，而是直接從屁股向前伸去，小心翼翼地塗好陰部的傷口與起疹處。——大多時候，是無可避免必須正視阿母臀部，她的雙臀比起年輕時，顯然豐滿許多，但臀上肌膚卻已是異常鬆弛乾燥，毫無光澤膩潤。第一次幫她擦陰部時，心裡竟有一股震撼，那曾經是孕育我的處所，父親與阿母曾有過最親密的遇合，然後我便從不知何所來的空間與時間，胚胎成型，最後跟隨羊水的騷湧與護送，撐大阿母的陰道，不可思議地來到人世間，也許在某個方面是像武陵人離開「初極狹，纔通人」的孔道口離開桃花源，然而此刻我竟如同溯游而上的鮭魚一般回到生命的初始口之前。——那個小小孔穴，竟是不可思議的生命起源之所。

塗藥的這些時候，阿母都沒有說話，如果她不是因爲老年發福，有了一個大肚腩而無法自行塗藥，她也絕不肯讓我幫她擦藥吧。（父親當初在病床邊，是否曾想過日後我們母子倆會遭遇這種情況呢？）假使我是婦產科或肛門直腸科醫生，慣見許多肛門與陰戶，習以爲常，也就無甚所謂了吧。但我不是啊，何況我面對的不是陌生的病患，而是我的阿母。這一刻，我才總算體會到什麼是相依爲命，那是除了彼此，就再沒有任何人可以幫得上忙，不論多麼尷尬的情形都必須相互面對。

我幫阿母擦完藥，回到房間，躺在床上，回想阿母幫晚年行動不便的父親洗澡，不也是經常要幫父親擦洗最私密的部位嗎？雖說他們是夫妻，有過最親密的擁抱、愛撫與交媾，但我猜想父親若是可以自己動手，他會願意每天讓妻子幫他洗澡嗎？答案當然是否定的。而我作爲阿母唯一同住的兒子，遇上這種情形，好像也無可避免，只能爲阿母效勞了。也許以後有一天，她也會和父親一樣行動不便，我一樣無可避免必須幫她洗澡，幫她扶進浴室、幫她脫光衣服、幫她抬進浴缸，然後在她毫無遮蔽的身子上噴灑水花，擦抹肥皂……。——除非我有足夠的經濟能力找來女看護來幫她，才有可能避免這種情況，但是女看護幫阿母洗澡，她就會感覺比較好一些嗎？還是身爲兒子的我幫她洗澡會比較安心些呢？

好在濕疹在軟膏的治療下，得到良好控制，一個禮拜後便完全痊癒。此後，阿母又如往昔一般，洗好澡，穿條粉紅內褲，袒露胸乳就走出浴室。偶爾跟我抱怨，父親又出現在公園鐵椅上，還是一下去就不見人影。有時阿母會問我，她什麼時候會死？我總告訴她，她還會活很久，因爲父親好不容易圖了個幾年耳根子清靜，一定不會讓她太早去煩他。阿母就說：「我正經給你講，後百我若過身，你要給你爸講，要來給我接，不通乎我找無人，知否！」阿母雖然什麼都不會也什麼都不懂，但她知道這個世間上對她最好的人，除了她老公之外，還是她老公。

也許阿母就是這樣完完全全信任她自己的丈夫與她自己生養的兒子，因而在他們面前是可以毫無顧忌地裸露自己的身體，她的豐乳肥臀，年輕時的、青春老去時的，全都可以自然呈現，正大光明，無須遮遮掩掩，隱隱藏藏，因爲豐乳肥臀曾經胎孕過生命、滋養過生命、哺育過生命，那是身爲母親天賦的創生能力，培孕著生命的最初起源，也於是，豐乳肥臀原本就是天地間最美好的形象，——因著母親擁有最豐沛而偉大的創生力量。——而我何其幸運，我阿母從不吝惜於在我們父子倆面前展示這種偉大形象。

豐乳，肥臀，我的可愛、大方、自然的阿母。

阿母語錄

我從小耳濡目染我阿母的話語，其實也不覺得有啥特別之處，但幾回經過旁人提醒，方才驚覺我阿母言語之間果眞是有好些個特異之處，而且這些特異之處，著實很能見出她老人家的性格、情貌，甚至也可以勉強稱得上是具有些個智慧。如此一來，就不能不用古人語錄之體，化繁爲簡地記錄記錄一下子。

我父我母

大凡我阿母遇著一切可驚可愕、可悲可喜、可感可嘆之事，她決計不能片刻隱忍不發的，必得大張其口，高聲喊道：「我父（ㄅㄟˊ）——我母！」（「父」之後音調必得拉高，語音必得延長）當作抒發一切可驚可愕、可悲可喜、可感可嘆之事的發語詞。好比說在廚房發現一隻蟑螂，她會喊說：「我父——我母，這死家蛇！」或者她以爲吃了一頓很貴的晚餐（其實她並不知道多少錢，有時她問價格，我說兩個人共一百五，很便宜吧，但她不知道，也會如此。但有時是眞的很貴，不過只要花在她老人家身上，我就一點兒都不手軟），她也會認眞地喊說：「我父——我母，這貴你也吃也落去！」或者有時候，我禮拜天又要去學校去趕寫論文，不能帶她四處玩耍了，她會在例假日之前小心翼翼問（所謂之前，經常是禮拜三或禮拜四就開始問，因爲她也不知道禮拜幾是什麼）：明天是否放假。要是得知例假日到了，她就會充滿期待卻假裝不甚在意地隨口問，放假我要做什麼。要是我回答說，得到學校「打電腦」（我阿母知道這是「打字」的意思，在她以爲這是老師教書之外的另一樣重要工作），我阿母登時就露出失望表情，搖頭直喊：「我父——我母，放假沒通趣玩，還要打字喔！」由此可知，我每天必定要聽到我阿母大喊「我父我母」好幾回，這樣表示她今天又遭遇了好幾回可驚可愕、可悲可喜、可感可嘆之事，値得注意的是她老人家年紀快一大把了，還能對世事如此敏感多情，著實難得。要知道一般老人家「過的橋都比年輕人走的路長」，歷經多少大風大浪，心情早就平靜無波了，更糟的還有另一種是年老體衰，哀樂嚐遍，早就哀莫大於心死了。反觀我阿母，當她大喊「我父我母」時，我除了豎直耳朵全神貫注地聽發生什麼事之外，還十分慶幸她老人家元氣是如此淋漓暢旺「滿台」啊。

滿台

大凡事物之理，滿則盈，盈極則虧，虧極復生。我阿母活了大半輩子大抵是過著物質缺乏遠遠多過於擁有的窮苦日子，可從不曾有過大筆錢財（要讓她老人家知道有人有錢是多到可以滿出來隨便丟往衣櫃之上，不知道她會有多羨慕喔），更不用說有土地田產、股票黃金之類，所以就絕少能自個兒拍胸膛自信昂昂說道：「我足好業！」「阮家是好業人喔！」不過比上不足，比下略無愧色，雖不用說自己是「瘦吃人！」但離眞正「瘦吃人」著實也相去不遠矣，幸好我阿母所住的蔥子寮，大家前後左右比一比，都是一個樣，也就沒有貧富貴賤的差異了。

只是很奇怪，我阿母喜歡說「滿台」，這是個豐腴盈滿意味兒頗濃的詞語，照理說和她的眞實生活不太相稱，這也難怪每回她說出「滿台」時，總是驚訝連連。要知道，富有之人，擁有的多，想要的更多，因此總處於匱乏狀態，很難知止、知足，也就更難隨樂常喜了；反倒是匱乏之人，稍微有一點滿足，就喜不自勝，以爲充足滿盈了。這樣才能理解，每隔一段時間我上超市買菜肉乾貨，放入自家冰箱，我阿母會在一旁興奮喊道：「滿台囉！滿台囉！」——這正是她老人家長久物質匱乏忽然擁有之後的實實在在興高采烈的直覺反應。

有時我阿母看見洗衣機裡的衣服滿滿一桶（因爲兩三天才一起洗，她老人家習慣是今日衣今日洗），也會驚嘆連連：「滿台啊！滿台啊，衫褲滿台啊！」或者我們住的公寓小電梯一口氣擠進八九個人，或者去萬芳醫院看病拿藥時，電梯總是如常一般爆擠著病患，我阿母一定會在被擠到電梯角落的縫隙間，昂著頭波浪鼓搖動一般喊道：「滿台啊！滿台啊！不通再落來囉！滿台啊！」等到大家都洩出電梯時，我阿母才喘一口氣，說：「擠油喔！」——所以我阿母就眞眞是能看出了事物滿則盈，盈極則虧，虧極復生道理的人，就像她對洗衣機、電梯出出入入的觀察一般，滿台之後就不滿台，不滿台又會滿台囉！——這樣就很容易推論出一個想當然爾的結論，人生還有什麼好斤斤計較的呢！

擠油

一般我們台語講「擁擠」的「擠」，說成「ㄐㄧㄣ」。這邊很擠，說「這足擠耶」。但「擠」還有另一個音，叫做「ㄎㄟˋ」，大家緊靠挨擠著很厲害，台語除了用「擠」之外，還會用一個活靈活現的詞語形容，叫做「擠燒（ㄎㄟˋㄒㄧㄡ）」。燒，很有意思，好似大家擠來擠去磨蹭出騰騰熱氣一般。我阿母不知何故，逢上應該講「擠燒」時，她卻不說，喜歡說「擠油」。我個人覺得「擠油」比「擠燒」還活靈活現，不但深具誇飾效果，而且形象感十足，好似擁擠之中那些個滿身橫肉、虎背熊腰、豐乳肥臀彼此黏貼擠壓，像榨汁機一般榨下許多油來。

所以當我帶阿母上景美或士林逛夜市時，遇見滿滿人潮，還沒開始擠進去哩，我阿母就會先喊道：「我父我母，擠油喔！」或者是逢上每年一度的元宵花燈節，我阿母到了現場，望見人山人海，也會說：「擠油喔！」有一回我順勢接過話頭：「擠出的油來點花燈，正好。」我阿母便看著我罵道：「三八囡仔！」

三八囡仔

對我阿母而言，那是一組詞，冠在「囡仔」之前加以形容，可以配上「三八」，也可以加上「懶漫」。這些個詞，當你已經長大成人之後，母親還這樣說你，重點就不單是落在形容詞上，更落在「囡仔」上，因爲母親還把你當成是長不大的小孩，是眼中永遠的小頑童。好比說當我和別人用國語講事情，有時講得哈哈大笑時，我阿母會好奇地在一旁追問，你們在講什麼？很多時後我解釋起來很麻煩，便顧左右而言他：「講你是水姑娘，足美耶啦！」我阿母一聽，愣了一下，不好意思羞著紅臉，笑說：「三八囡仔。」又好比說，我阿母煮菜煮了一大鍋，我努力吃了大半鍋，還吃不完，我阿母就會說：「懶漫囡仔，才吃這一點而已，沒彩我煮這澎湃。」然後再看見她特地買回的雞肉，我只動了一兩塊，就會惋惜道：「懶漫囡仔，好料不吃，固吃菜，你不知，我沒吃肉，腹肚會亂呢！」

沒吃肉，腹肚會亂

我阿母好食肉，尤其偏好雞肉，一頓飯食下來可說是無雞不歡，乏雞味爽。照常理說，大凡上了年紀的老人家，輔頰塌陷無力、齒牙鬆動晃搖，早不耐經久齟嚼，對於肉類大多避之唯恐不及，更何況肉類容易造成酸性體質，好像是一切健康的破壞者、長壽的敵人似的；更有一種說法，說肉食者會讓肉類在長途運輸途中產生過多二氧化碳，是地球暖化的元兇之一。似乎老人家也懂得如此，便也順水推舟，成了菜肚老人，一來養身益壽，二來還可保護地球，何樂而不爲。

看來絕沒半個老人家會像我阿母這般大刺刺，上傳統市場、上超市、進餐廳，頭一件事就是買雞肉、點雞肉，唯有此事才是天字第一號大事，其餘的可買可不買、可點可不點，人家還沒問她為何天天買雞呢，她也會先自動告訴別人：「我給你說，沒吃肉，腹肚會亂呢！」這點，別人看起來自然又是覺得怪異，但我身為她兒子，自然曉得她老人家以前在蔥子寮吃過許多苦，吃過的蕃薯簽比白米還要多很多，吃過的菜又比肉多太多，所以吃肉就不單單只是一種口感的美妙滋味，還有一種長期匱乏後的滿足心態，也許就讓她老人家想起了第一次吃雞肉的美好感受，因而才樂此不疲吧！所以當我跟她說，吃太多肉，要配一點酸梅酵素（好平衡一下酸鹼值），我阿母開心吃完肉之後，大喝了一口，登時哀聲連連：「我父我母，酸鬼仔尿！」

酸鬼仔尿

我阿母嗜雞成癖，卻避酸如仇，莫說鳳梨、檸檬汁這類準酸性水果，她老人家敬而遠之，就連只有一丁點酸味的醋、柳丁、奇異果之類，她也敬謝不敏。偏偏每回我買這些水果回家時，她看我吃得津津有味，總也要跟著吃上一口，上下牙關才剛會合起來時，我阿母必然緊閉雙眼，縮皺額頰，再用極其誇張的語調喊道：「我父——我母，酸鬼仔尿！你也吃會落去！」

一般我們吃到酸不溜丟的東西，頂多只說是「足酸」、「酸死人」或者是「酸到齒牙冷」，就沒聽人說過「酸鬼仔尿」，也不知道是不是我阿母自己發明的辭彙。有考據癖的學者也許還要追問，眞有人喝過「鬼仔的尿嗎」？如果沒有，那就不是一個很好的譬喻，因爲不知道鬼仔的尿是否眞的那麼酸無可忍；又或許「酸鬼仔」是一個詞，和「夭壽死囡仔」一樣都是咒罵的詞，那麼「尿」就成了「酸」的喻依，所以尿是酸之極致。但是我阿母怎麼知道「尿」是酸的呢？當然我阿母顯然是不曾喝過尿的，因爲她不是尿療法的信徒，容我簡單猜一下，興許就是在鄉下時還沒有室內廁所，每晚床鋪底下擺放的尿壺，一夜滿貯尿水，我阿母是長女，每天必得拿尿壺到戶外倒在堆肥處，那滿滿的濃郁之味，要不說出「澆性失德，酸鬼仔尿」都難啊！

澆性失德

中國古代哲學家花了極大心力在探究「性」：人性、心性、情性，即孔老夫子所云「性相近，習相遠」、孟子所云「性本善」之「性」。人之性乃一切哲學之根源，由本性而彰顯一切後來之德行，足見性與德兩者對人之修身養性有多麼重要。這也難怪我阿母會用如此略帶艱澀的閩話成語「澆性失德」，指稱一切她老人家認爲傷風敗俗、違反倫常、天理不容之事。因爲「澆」者，澆薄也；「失」者，失去也，人性澆薄，道德闕失，一個人到了這種田地，還能說不嚴重嗎！

我阿母好用這個詞的時機，是在她每天必看的閩南語電視連續劇上，裡頭又出現打人、綁架、虐待、兇殺等畫面時，我阿母一定大喊：「阿誠，緊看喔，澆性失德喔，這樣糟蹋人！」有時還會跟我一再確認：「那是眞正死？還是假死？」我大多陪在她老人家旁邊低頭念書，漫不經心回答著：「假死耶啦，搬戲而已啦。」我阿母不相信，忙追問：「假死哪會流血！」我又隨口答道：「血也是假的啊！」我阿母這時會自言自語起來：「我想也是，若無每天死那多人，哪有夠埋！」不久又渾然忘我地回到電視世界裡頭。——順帶一提，我阿母自從看了陳昭榮演「台灣阿誠」之後，不管陳昭榮後來已經換了多少新名字、扮演過多少新角色，又演了「台灣霹靂火」、「天下第一味」、「眞情滿天下」等部戲，我阿母始終如一，每回打開電視就嚷嚷著：「我欲看『阿誠』！我欲看『阿誠』！轉『阿誠』給我看！」有時還會抱怨：「這『阿誠』演足久，害我看到足著迷！」有時更會張冠李戴，因爲電視台會同時重播前後幾部片，我阿母搞不清楚，經常納悶：「阿誠不是中午在當警察，暗時哪又變總鋪師？」

有好幾回，我才剛到家，一開門就望見她老人家神情哀戚，走進一瞧這才發現老人家兩眼已經涕淚漣漣，我還以爲發生了什麼大事，趕忙問怎麼了，是哪裡不舒服？被人欺負？和人吵架？受了委屈？我阿母指了指淚水，這才緩緩說道：「我看『阿誠』給人苦毒，足可憐，我在替伊心酸。」——人家說，台上演戲，台下戲迷，約莫就像我阿母這樣吧。

又有一回，隔壁鄰居阿媽和自己的大陸媳婦，兩人不知何故竟大打出手，我阿母等我回家轉述給我聽時，嗟嘆連連說道：「澆性失德喔，沒孝啦，媳婦打達家（婆婆）！阿誠，我給你講，你以後娶某，不通變某生耶呢！」

沒孝啦，某生耶

我阿母看電視節目會看到傷心落淚，還有一種情形，那就是連續劇又演到媳婦虐待婆婆，每次看到這種情節，沒有一回例外，必然滿掬一把同情傷心淚，彷彿主人翁就是自己，好似將來命運必定如此，好似自己已經遭受了百般虐待一般，她和電視劇的婆婆已經二者合一，不能不與之同悲共苦、同聲一哭，苦到極致之處，淚珠便不自覺嘩嘩墜下。

就在我阿母一把眼淚一把鼻涕之際，還會一邊向我打探：「阿誠，你娶某後，會不睬我未？」我一如往常回答：「若不睬你，現在就不睬你囉，要等到娶某後？」我阿母還不放心，小心翼翼追問：「你娶某後，你某會苦毒我未？」我還是老話：「不會啦，誰敢給你苦毒！你不要苦毒別人就好了！」我阿母一急，趕緊澄清：「黑白講，我會苦毒你某？」我搖搖頭，不置可否：「那是眞難講！」

後來我才慢慢體會，其實父女、母子原本就是最親密的情感型態，余光中先生曾寫〈我的四個假想敵〉一文，描述外來男子進入余家追求四個女兒的種種敵況，恰恰流露出父女間自幼所獨享專有的親情，但如今卻有人想要前來橫刀奪走父親之愛，身爲父親雖想要大方放手卻難免有些擔憂、想要固守所愛又覺得著實不妥，就這樣東推敲、西思索，心中五味雜陳得很。至於母子關係也是如此，尤其我阿母和我相依爲命已經好一段時日，她老人家會擔心別的女人搶走她的寶貝兒子的心理也就可以理解，所以每回當我阿母和我吵架時，她就會祭出法寶：「啊你沒孝啦，某生耶啦」，我一聽大爲光火，有時怒不可遏，因爲我沒有對她糟，也沒有偏私某人，所以有被誣賴的感覺，常常因此而起了口角。但後來根據我嘗試的各種反應後，看來只有一種應對是最好的，那就是帶著一點撒嬌口吻說道：「唉喲，我是阿葉仔（我阿母名）生耶，不是某生耶啦！」我阿母聽完，硬脾氣登時軟化了，說道：「你娶某，還是我生的啊，你後擺不飼我哪可以！」我趕緊接著說：「吃是沒問題，就是沒通吃太多！」我阿母頗不以爲然：「你知道半樣，就是要吃乎飽，吃乎死，較贏死沒吃！」

吃乎死，較贏死沒吃

大凡老人患上糖尿病，最重忌口，幾乎什麼東西都不能多吃，甜食早該避免自然是不消說，連米飯等澱粉類會在體內自動轉換成醣也不宜多吃，甚至連幫助胃腸消化有利排便的水果，也因多含糖而不宜多吃（據說芭樂無此困擾是最佳選擇）。七折八扣下來，這也不能吃，那也不能吃，大概比出家人的飲食限制還要更嚴格了。我阿母患有糖尿病，偏偏她老人沒有什麼糖分控制觀念，就算醫生仔細叮嚀糖尿病人最要緊的就是血糖控制，控制好血糖，糖尿病只是慢性小病，控制不好就會因病變而演成大病：末梢血管病變若發生在腳，感染嚴重得截肢；若發生在腎，嚴重就得洗腎，若發生在眼睛，嚴重將導致失明。但她老人家未必能懂得，只好我在一旁苦口婆心、疾言厲色地嚴格控制其飲食，有時我阿母被限制煩了，聽說這也不能吃，那也不能吃，有一回實實惱了，就說：「我給你說，吃乎死，較贏死沒吃！」我一聽這話簡直就有爲吃而置死生於度外的悲壯豪情，不由得肅然起敬，所以後來也就睜一隻眼、閉一隻眼任由我阿母隨其所好多吃一些好吃的，然後聽她飽食之後心滿意足地說道：「喔，吃到飽圓圓！」

吃到飽圓圓、餓到透腳脊（背）

我阿母吃飽飯，喜歡腆著肚子，摸著圓滾滾肚皮，情不自禁地發出：「喔，吃到飽圓圓」，其滿足神情，總讓我想起《莊子》：「夫赫胥氏之時，民居不知所爲，行不知所之，含哺而熙，鼓腹而遊，民能以此矣。」我阿母確實很符合莊子描述的上古優游之民，因此可以想見我阿母對於餓肚子一事極爲敏感，肚子一餓，她就不能成爲上古無懷氏之民、葛天氏之民，事關重大，於是她自個兒用了一個別人罕說的詞語描述此等狀態，她會嚷嚷說：「阿誠喔，未活囉，餓到透腳脊囉！」「腳脊」是「腳脊背」的簡稱，背部也，意思就是餓到前胸貼後背了，這麼個活靈靈的詞兒，著實成功誇飾她餓到只剩前後兩層皮的狀態了。

未活囉

我阿母最常掛在嘴邊的口頭禪，第一名應該是「未活囉」，什麼事都能加上「未活囉」以表示其嚴重性，雖然我阿母認爲嚴重的事情在旁人看來大多屬於不太嚴重。好比說下雨了，我們家門窗還沒關上，她也會緊張兮兮嚷著：「未活囉，窗仔門沒關，雨都潑潑落來囉。」又好比說我的愛車壞掉了，她也會說：「未活囉，後擺沒車通駛囉！」——從「未活囉」這個詞細細考究推敲起來，可以想見我阿母肯定是個熱愛生命的人，總把「會活」當作是人生首要之事，把「未活囉」當作是危險恐怖之舉，如此一來就不會有動不動想不開而要自我傷害的行爲了。

我阿母好講「未活囉」到什麼程度呢？有時我還沒跟她講完一件事，她就急忙先說上一句「未活囉」，我問她說：「你在未活什麼？」她也說不上來，等我全部說完之後，她才搶忙說：「你看，給我猜對沒！」

給我猜對沒

有個成語叫做「事後諸葛亮」，意思是事前無意見，事後才高談闊論的人。我阿母恰恰是這種人，她老人家什麼事都喜歡參上一腳，可偏偏很多事她都不懂，卻還要裝懂，這樣不免就要露出許多馬腳，可我阿母她老人家自有一套法寶可挽救此等語言頹勢，每當發生了什麼事她預料錯了、或者根本沒能預料到，但她還要裝作她其實早就預料到了，她就會說：「給我猜對沒，我就說一定會這樣！」若是一般朋友、同事或學生有此個性，恐怕無不惹人「另眼相看」的，但若是自己的阿母，自然就不能「另眼相看」，因為與其責備老人家事後諸葛亮，不如反其道而行，我就發現了極為友善的回應方式，這時我都會說：「我阿母實在是足巧耶喔！」我阿母聽完頗以為然，趕忙回說：「我若不巧，我子會讀博士、做老師喔！」

博士子做老師

我阿母有時從外頭回家，會拉著我問：「厝邊阿嬤都講我番番，怎會生子那鰲，會讀博士、做老師？」我回答說：「你不是攏講你足巧耶？生的子當然巧啊！」我阿母會說：「我知道你像你老爸，你老爸最巧，人家都說你老爸外省仔縈最巧！」接著還說：「你就是像你老爸，才沒那彥投，若像我，才會彥投！」其實我的長相和我阿母簡直就像是一個模仔翻出來，可我阿母偏說我不像她，喜歡說長得比較帥但其實比較像父親的大哥比較像她，可見我阿母對自己的美貌還是十分具有信心的，——唯獨少了一點兒自知之明而已。但少這一點自知之明有什麼關係呢，只要老人家能夠開開心心，要自知之明做什麼呢，是不是？

取悅我阿母的秘方大公開

老人家有很多原因讓她們不開心、不放心、不安心，脾氣也就因此而陰晴不定，時好時壞起來，常讓照顧他們的年輕小輩摸不著頭緒，因而覺得老人難搞、難相處、難伺候。事實上，老人家並非故意如此，之所以有此反應，起因於老人家年紀老大之後，除非有固定收入（如公務員每月有退休俸）或豐厚存款（如大筆優渥無虞的養老金），否則大多已經失去謀生能力。假若是還有些經濟能力可以自給自足的人，當然會對金錢格外看重，視錢財爲後半生的重要依託，但此時作爲兒女的人偏偏未能察覺其中變化，還是揮霍度日，視錢財爲無物，就很讓老人家看在眼裡，不悅在心裡。因爲這些小輩們居然一點兒未雨綢繆的盤算都沒有，將來老了，如何是好（老人特有的憂患意識，雖然小輩們事實上離老還相當遙遠，但老人家已然老大，自然有優先本位主義思考，而且他們也必然同意人生一轉眼就老了，不由得你不信，他們不就是活生生的例子）？至於沒有經濟能力得以安養晚年的老人家們，大多仰人鼻息過活，因此得時常向小輩伸手要錢，小輩要是忘了給或給得稍晚些，老人家會誤以爲故意；若是給時，臉色忘記虔誠恭敬，老人家心裡必然嘀咕：「想當初我是怎樣含辛茹苦養活你這小王八蛋，沒想到你今天給老子擺這種臉色，要是我當初不怎樣怎樣，你小子能有今天這樣局面嗎……」心裡當然很不是滋味，想到半生勞苦晚年居然落得如此田地，這怎麼能讓老人家們的心情好得起來呢？

再者，從前自家兒女都是以老人家爲中心，但現在突然出現男、女朋友或者丈夫、妻子，前來瓜分身爲父母與兒女之間獨佔的愛，胸襟寬廣的的老人家還可以視媳婦或女婿如己出，相處愉快，和樂融融。但比例應該是少之又少，要不婆媳問題也就不會時常聽聞（其實要媳婦和婆婆住在一塊兒，確實是委屈了天下的媳婦們了，大凡人之常情，母親可以容忍女兒的事，絕無法容忍媳婦依樣畫葫蘆，這毋寧說是天下母親共通的偏心）。至於很少有岳父與女婿之間的問題，因爲當今已經很少有入贅之舉，故而鮮少發生，這毋寧說是現代男性莫大的幸運。

老人家當然可以大發雷霆，但心裡通常知道分寸，拿捏得宜，恩威並濟，說起話來還是有一定分量。要是毫無分寸，不知拿捏，除非自己狡兔有三窟，這個小輩對我不好，還有其他小輩可去；或者自己還有老伴可以相伴，或者自己有膽量老屋獨居，不用看人臉色過活；又或者自己有足夠金錢充作後盾，請個外傭來服侍，都比和小輩一起生活舒服，臨終前再把錢大筆捐出去，留一點兒錢給眞正對自己好的外傭，然後一個子兒都不留給小輩，活活氣死他們。要沒有這種本領，老人家們可得適可而止，因爲一旦鬧翻了，同處一個屋簷下，天天見面又冷戰，親人宛如仇家，眞是情何以堪；又或者因不懂分寸，大鬧一場，小輩一時火氣也湧上來，忍受不住，竟違逆天倫把老人家給轟出門，讓老人家哭哭啼啼，四處訴苦，哀喊被不孝兒女棄養。老人家處境難堪，小輩們也落了個不孝罪名，兩敗俱傷，眞是何苦來哉？幸好老家人通常這一點拿捏分寸的智慧都還清明，雖然拿捏得有些辛苦，但爲了家和，也不得不如臨深淵、如履薄冰地應付著。——這是老人家辛苦的地方，也是老人家不太喜歡和小輩們住在一起的原因，寧可自己自由自在，或獨居、或住在鄉下、或乏人照料，也不願勉強自己改變多年生活習慣，去適應另一種新生活。

上述的這些個老人家問題，我阿母無一不少，並且有過之而無不及。她老人家卻也從來不懂得控制一下脾氣大小，該生氣時絕對不肯隱忍片刻，不該生氣時也胡亂生氣一通。更糟糕的是，若氣到爆炸而情緒失控時，她根本不管天地玄黃、宇宙洪荒，該破口大罵，她音量不會轉小，該摔鍋砸碗，她手勢不會稍緩，從來就不給任何情面。逢上這些尷尬狀況，以前我當然好說歹說一番，還是無效之後，覺得她實在是不可理喻，我也惱了，就同她叫囂起來，兩人隔空大吼大叫，臉紅脖粗、聲嘶力竭——結果證明，情況只會更糟，不可能有任何轉緩跡象。

經過多年試驗結果，我終於找到幾種能夠迅速平息我阿母怒火、瞬間轉怒爲喜的方法，請容我姑且稱這些方法爲秘方，因爲它對我阿母非常有效，簡直就像萬靈丹，可未必對其他人有用，不過拋磚引玉，或許能供大家參考參考。

秘方一：五百和一千

正如同我前面所說，老人家最需要有錢的安全感。我原先也不曉得，因爲早先我阿母都是錢花完了，就跟我要，後來我阿母實在揮霍過度，爲了收支平衡考量，我才給她零用錢稍稍「宏觀調控」一下——每天只給五百。結果她老人家嫌太少，因爲以前都是一千、兩千地拿，現在只剩五百，實在無法接受。經過我們兩人一番熱烈討價還價的談判之後，結論是每兩天給一千。沒想到，算數不好的阿母居然欣然接受。在她看來，青仔面比五百塊體面太多了。對我而言，分毫無差，當然也樂得同意。

諸君切莫小看這五百、一千，其實好處多多。比方說我阿母要是不乖，如又把垃圾從十樓窗口丟出去，她以爲神不知鬼不覺，結果垃圾就落在一樓門口前，又偏偏被我回家時撞個正著，發現居然是我家流理台下排水管的藍色細孔網。我回家質問她，起先她還支吾其詞詞左右而言他，最後物證俱全，就不得不低頭認錯。我當然得略施薄懲，以儆效尤，但又怕她一天吃食遊玩的費用不足，便處罰她每天只能領五百，事實上對她而言零用錢並無差別，但她卻像受了極大處罰一樣，心情大受影響，也就「稍稍」收斂一下不好的行爲。

有時我太忙沒時間陪她出去玩，或者她在外頭受了什麼委屈，又或者她和我發生了什麼不愉快口角爭執，但是無論她發了多少脾氣（情緒失控除外）、受了多少委屈、甚至傷心難過到流下淚來，遇上這些不開心時刻，只要我掏出一張青仔面，我阿母無不如見快樂符一般，登時雲散月出，海澄天清，憂容無蹤，破涕爲笑了，立刻又回復我那可愛的喜孜孜的阿母模樣了。——這是我阿母性情眞率的極致表現啊。

秘方二：吃軟不吃硬

我阿母性情乖張、脾氣剛烈，從小就出了名，要是卯起來鬧，經常一發不可收，無人可以收拾殘局。有一回爲了某細故，竟弄得轟轟烈烈，當著別人面前胡亂咆哮起來，毫不留點兒情面給人。我當時眞覺難堪，礙於別人面前不好發作，咬牙切齒隱忍下來，終於等到旁人離開，這才狠狠地大聲訓斥我阿母。結果當然我阿母也極不高興，母子兩人又在客廳大吼大叫起來。在我，是得理不饒人，覺得我阿母太不可理喻；在她，則認爲我不孝、沒大沒小。一場架吵下來，最後，我阿母躺回房間床上嗚嗚咽咽地哭，我則氣呼呼地鎖在房間不理人。表面上，我看似吵贏了，但整個晚上卻因此而完全睡不著覺，隔著牆聽我阿母斷斷續續地哭一整晚，聽得我心都碎了，一方面覺得老人家可憐，再另一方面還是覺得她可惡，結果整晚兩人都失眠，眞是兩敗俱傷、得不償失。

隔天一早，我就溜進去她房間，小聲地說：「失禮啦，昨晚不是故意耶啦！」我阿母這才邊哭邊笑起來：「你怎麼可以對我這兇！你，我耶子咧，我，你老母耶！」我一直說道歉，然後說以後她在別人面前不可以這麼沒禮貌，不給人情面，她這才聽進去心裡，點頭說好。——我這才赫然發現，同樣是溝通，這樣才是對我阿母最好的溝通方式。也就是說，我阿母是吃軟不吃硬。來硬的，她就和你硬到底，不管三七二十一，也不管結果會怎樣，硬碰硬，兩敗俱傷；來軟的，她就心腸軟，好說，好回應；好說，好溝通。

所以，以後我和我阿母溝通就全給她軟的，再不跟她硬碰硬。這道理看似簡單，但其實很難，完全考驗人的耐性。要知道不論吃任何虧、受多少委屈、引燃多少怒火，都還得保持「柔軟」身段，談何容易。當然我也不是那麼厲害，每回都能做到，不過幾乎竭盡己能努力做到，因爲唯有這樣，才能創造我和我阿母雙贏局面。

秘方三：牽手、抱抱

我是大學有女朋友之後，才敢再和我阿母牽手。以前我們住在鄉下，還不懂事時，當然是和母親姊妹緊牽著手不放，但稍稍長大，有點兒男女分際的意識後，就很自然地不跟母親或姊妹牽手了。何況鄉下，閉塞得不得了，男女授受不親，更是下意識地排斥和母親牽手。其實不只鄉村或台灣如此，龍應台《目送》一書就寫混血兒子長大後不願再和她牽手的失落感覺，這其實很能代表母親共同的心聲，也反映這種情況的普遍性，作爲兒子的，長大之後寧願去牽女朋友的手，也不願再牽媽媽的手，因爲奇怪之外，說不定還會讓人譏笑長不大、依戀母親之類的話哩。

我後來敢牽我阿母的手四處遊逛，主要是一次觀看國慶煙火時，擔心我阿母走失了，才牽起她的手在人群中穿梭。沒想到事後，我阿母感覺很好，從此之後，她也主動握我的手，漸成自然，我和我阿母便總是手牽著手四處逛街了。

後來我才猛然發覺，其實身爲母親的人都很渴望自己小孩長大後，偶爾還是能和她們親近，可以和小時候一樣牽牽手、抱一抱，只是兒子長大之後就通常都不太可能發生，於是老人家只好把這種期待放在孫子上，好去重溫過去甜蜜的親子之樂。

後來這也成了我取悅我阿母的方法之一，要是我阿母不乖，就絕不同她牽手逛街，頂多就只是攙扶而已；要是我阿母表現良好，除了牽手逛街的獎賞之外，還會給她一個深情的擁抱！我阿母有多開心呢？從她用力掙開我說：「三八囝仔，這大漢囉也這撒妞！」整張臉笑得樂不可支模樣就能略知一二了。

秘方四：左耳進右耳出

我阿母天性愛唸，凡事都須經她親口唸上幾句才能安心，芝麻綠豆小事要唸一下，雞毛蒜皮小事也要唸一下，好像東西沒經過她嘴裡安排一下就不甚牢靠、不甚妥當、不甚放心。她老人家說也奇怪，不管有無聽眾聆賞，有，當然最好，那就排山倒海波濤洶湧叨唸起來；要是沒有，她老人家也可以自得其樂細細斟酌自嘮自叨起來。這眞是了不起的天賦異稟，要是賦授在一般人身上，準是塊政治家或演說家的料，可惜我阿母這塊樸玉沒能雕琢出瓊瑤環璧。

我阿母這麼愛唸，唸些芝麻綠豆瑣碎無關緊要小事，沒想到身爲兒子的我，居然也因此鍛鍊出「左耳進，右耳出」曠世奇技。那就是狀似仔細聆聽我阿母叨唸，其實聞而未聞；看似一切瞭然於胸，實則腦海一片茫然。好比說，這時候我阿母又絮絮叨叨起來了，一會兒說擦地板、洗衣服累死了（我阿母每天必做且必說的辛苦大事）、一會兒又說今天坐公車去哪玩（也是我阿母每天必做且必說的大樂事）、一會兒又說大便大不出來或是大便大得很暢快（也是我阿母每天必觀察且必說出的大事）……——這些我都還會仔細聆聽，想要知曉我阿母在我上班時都做些什麼活動。——接著，我阿母就開始岔開話題來了，說隔壁阿嬤又去哪裡、玩了什麼地方（必然流露出羨慕口吻）、再說樓下里長伯又要辦新的旅遊活動了、再說她很辛苦把地板擦得「金細細」（前面已經講過，這時開始重複，不然怎叫做「細細唸」呢？）、說每天倒圾垃有多辛苦（看來遠比我上班賺錢辛苦）、再說……（以下還有五千言），——很抱歉，我已經不知不覺開始施展絕世神功，左耳進右耳出，一邊專注於看書，一邊還不忘頻頻點頭回應。過了好一段時間，我阿母忽然大聲起來：「我咧講，你是有咧聽無？」我回過神來，趕忙說：「有啊，有啊！」我阿母就又開始絮絮叨叨起來，再過了一會兒，她又問：「你是有咧聽無？」沒想到我答得太快，竟說：「有啊，有啊，剛剛你是咧講啥米？」

後來事實證明，左耳進右耳出，得隨時調整，調整得好，雙方愉快；調整得不好，老人家少了聽眾專注神情的鼓勵，意興容易闌珊，火氣也容易蘊積胸中，表現於外，頗不利於養生，而小輩也備受叨唸轟炸，全都十分可憐。

作家蔡逸君從前曾作一文〈聽母親說話〉，寫假日偶爾回家聽母親絮絮叨叨，著實精采感人，但那也只是假日偶一爲之，頻率多少還是嫌少了些，要不就更感人了。因爲若是每天都聽媽媽說話（嘮叨），感覺肯定就很不一樣了。而我之所以願意聽我阿母每天嘮叨來嘮叨去，一方面固然是因爲我是她兒子，另一方面還更因爲她老人家不善處理人際關係，很可能一整天沒能和別人說上一句話，當然會在我下班後拉我大講特講，大說特說。知道此等緣故，哪怕我阿母叨唸內容千篇一律，哪怕我早已聽膩（偶爾也會不耐煩），但大多時候我還是願意聽她一直講、一直講、一直講、一直講，因爲如果她兒子都不願意聽她說了，就再沒有人願意聽她說些什麼了，所以我就用左耳進右耳出的絕技來取悅我阿母，讓我阿母永遠可以一吐爲快，滔滔不絕，暢所欲言，淋漓盡致。

秘方五：婆媳分住

我阿母這麼難相處，全天下只有兩個男人可以和她相處，對她百般容忍、不離不棄，一個是她老公，一個是她小兒子。所以要她老人家和媳婦平和相處，那是絕無可能，我是很早就有自知之明，所以結婚後，就讓婆媳分住，保持一定距離，以策安全。

我常覺得婆媳問題，是全天下女性的不同待遇以及觀念差易造成。好比說我阿母從小就有男尊女卑觀念，我從懂事以來，我阿母必定等我們全家都吃飽了，她才會上飯桌吃剩菜剩飯；她始終認爲家事必須全由女生來做才行，她看我大哥把衣服丟進洗衣機而已，就認爲我大嫂在虐待我大哥，從大哥三峽家回來後就一直對我抱怨：「你哥足可憐，衫褲得自己洗！娶某愛擱自己洗衫褲！眞了然！」看我阿母這樣說，不用想也知道我阿母的婆媳關係會怎樣了。

所以婆媳分住，才能取悅我阿母，所謂眼不見爲淨也。要不，若我阿母看見我洗碗，她必然期期以爲不可；看見我擦地，她也不以爲然；看見我洗衣服，更是搖頭嘆息。我阿母當然無法體會作爲新好男人分擔家事此等「進步」觀念，與其讓她看這也不開心，看那也不開心，每天都瞧不順眼，還不如就讓她眼不見爲淨吧。

秘方六：退一步海闊天空（百般忍讓也）

我阿母偶爾與人齟齬，滋生口角，甚至和人有肢體衝突。我是她兒子，總是百般勸諫，不要和人吵架之外，更不要和人起衝突，好說歹說，我阿母也是「左耳進，右耳出」，讓我很是擔心。

有時候，她和人吵得不可開交，臉紅耳赤，指天誓地，好似不共戴天。但她記性不好，隔沒幾天，氣消了，反倒奇怪人家不理她，讓她感覺很不舒服。然後她就要我去跟人家說一說，意思是教我去陪個禮、道個歉，大事化小，小事化無，大家都是鄰居，每天都要見面，這樣不是尷尬嗎。她還跟我說，啊她就是這樣的個性啊，請人家不要介意，就原諒她嘛。話說得很好聽，我當然知道有很多不對一定是出在我阿母身上，但我阿母想跟人和好，自己不敢去，叫我去，我當然是不想，覺得實在丟臉。不過爲了我阿母的心情和人際關係，我還是拉下「小」臉蹲低姿態去向人家陪不是，結果對方果然怒不可遏，在垃圾車左鄰右舍蜂擁來去的人潮中，對我不斷大聲數落著我阿母的不是，順便調侃一下我這個當老師的連自己的阿母都教不好，還能教好什麼學生。我一肚子火刻意壓抑著，不斷小心翼翼地陪不是，大約教訓我半個小時之後，老人家方才稍稍消了點氣，接受了我的道歉，——才總算幫我阿母又平息一場莫名風波。我大可不用這樣自取其辱的，但爲了讓我阿母開心，這一點委屈又算得了什麼呢？

總而言之：唉啊，陪老輩過日子，有什麼好逞英雄的，要逞英雄，到外頭逞去；若是在家裡，該忍則忍，不該忍，也得忍，這是我爸告訴我的，我聽進去了，而且一路走來，始終如一，謹遵家訓，不敢違逆，所以到現在才能一直開開心心地取悅我阿母，讓她老人家常保歡顏，天天喜樂啊。

乾坤朗朗——父親與阿母

乾坤始章

乾者，天也；坤者，地也。天地朗朗，歲月悠悠。

「開萬古得未曾有之奇，洪荒留此山川，作遺民世界；極一生無可如何之遇，缺憾還諸天地，是創格完人。」這幅對聯是清朝「欽差辦理台灣等處海防兼理各國事務大臣」沈葆楨對鄭成功的評價，姑不論沈氏在清朝居然能對前朝舊臣延平郡王慧眼獨具不以成敗論英雄，又能英雄惜英雄敢在清廷可能惱怒情況下肯定鄭成功對台灣經之營之的巨大貢獻而委婉讚之嘆之，只先看聯語中對台灣的描述是「開萬古得未曾有之奇」、是「洪荒留此山川，做遺民世界」的世外桃源的驚奇讚嘆，其實就和早先葡萄牙人初見台灣島所說的「Ilha Formosa」（美麗之島）的歡喜讚嘆心情，明明同出一轍。

移墾二章

早先第一次踏上台灣土地的人，全都和葡萄牙人一樣，得經過漫長海上飄搖，歷盡千辛萬苦，甚至九死一生，才能平安踏上這座島嶼。葡萄牙人是，西班牙人是，荷蘭人是，鄭成功是，日本人是，撤退的國民政府也是。

我的父親於一九四九年匆促間受國民黨十八軍強硬徵召（抗徵者死），匆促間隨軍隊從故鄉江西不斷南移，好躲避已經渡過長江的共產黨軍追擊，匆促間翻山越嶺逃至廣東汕頭，坐上運補艦飄搖到金門。好不容易在金門西北岸古寧頭打了一場漂亮勝仗，再隔了好一段時日，這才全軍移防至台灣。

父親頭一回自基隆上岸，踏上這座陌生島嶼，不知他當時心情如何？在往後的歲月中，父親從未提及此事，或許他覺得我根本還沒成熟到可以理解這樣的生離死別。我後來猜想，父親當時或許什麼也沒能多想，因爲在朝不保夕的戰爭中，明天是生是死難以預料，眼前整軍備戰隨時應戰的戒愼恐懼時時襲染周遭，誰還能有多餘心思多想一下踏上一座陌生島嶼的心情？

在父親之前曾經來過這座島嶼的人，心態都不太一樣，有些想一直留在這裡，最好永遠不走，如日本人；有些則只把這裡當作經商途中的休息站而已，如荷、葡、西；有些則只想把這裡當作反攻跳板，如鄭成功、如國民政府。但荒謬的是，原先想永遠停留的，最後卻不得不離開；想當休息站的，怎知別人也想要染指，於是一換再換；而原先只想當跳板，還要反攻回去的，最後卻怎麼離也離不開，終究留了下來。

父親當然怎麼料也沒料到，他一盼再盼、一等再等，一心就只想回江西老家，但最後卻怎麼也回不去了。

既然回不去，很現實的問題出現，他必須得想辦法養活自己，在陌生的異地。

父親還在軍中時，至少能吃大鍋飯，衣食雖差，但不至於匱乏。可是當反攻之日遙遙無期，他的年紀漸漸老去，最後竟不得不因老病退伍了。沒有退休俸，父親得認真思考如何在異地營生。他的營生方法和大部分早先初到台灣的人一樣，都得靠勞力來換取微薄的報酬。他們這群人，有的努力開墾荒地、有的努力狩獵、有的努力捕撈、有的努力砍伐等等，無不盡力如螻蟻般存活，「篳路襤褸，以啓山林」。

父親在從軍前是一名木匠師，後來他便和所有台灣各安其位的人一樣，獻出大量勞力，開始在這座陌生島嶼，在一處處紊亂而危險的工地與鷹架間，流下無盡汗水，開始他在台灣的板模移墾生涯。

漢番三章

父親被人稱作「外省仔」之前，我阿母早因個性乖張，自幼就被蔥子寮人取了個渾號，喚作「番葉仔」。父親是漢人，我阿母也是漢人，但父親從外省移入，得稱為「外省仔」；我阿母卻因個性蠻野未被進步文明所開發教化，得稱為「番」。

而且父親差一點就成了「羅漢腳」。羅漢腳是清朝解除渡台禁令後，附加的一條禁攜家眷所造成的後遺症，男多女少，成親不易，單身的羅漢腳自然暴增。後來的國民黨軍隊撤守台灣，軍隊以男性為主，逃難來的女性較少，且多是軍眷。條件好的男軍官，大多選擇與同鄉或大陸逃命來的女性結婚，生活習慣與語言較易溝通，但大部分條件較差的士官兵，最後無可奈何認命知道回不了大陸了，想要落地生根，可是能選擇的結婚對象很受侷限，所以老兵成了羅漢腳所在多見，老兵和台灣婦女或原住民女性結婚的事情亦屢見不鮮。

在那個年代，我阿母到了二十五歲還未成親，當然導因於她的個性脾氣異於常人之故。但我父親沒得挑了，因為我外公沒挑他是外省人、是軍人、年紀大再加上頭髮稀少，就算是好的了。

我外公和所有蔥子寮人當然沒敢忘記他們的祖先早先也是從唐山來到台灣。但因爲來的時間有點兒久，又安居樂業了好幾代，後來又都不識字，沒想到竟把過去歷史忘了個精光。我外公家的三合院正中央高掛「西河堂」的祖廳，廳前左側有道白牆，牆上寫有歷代祖先姓名、譜系和忌日，有些已經斑駁不堪，我阿公又不識字，只知道唸法，但同音字太多，就算後來我上了學、識了字，想幫忙代勞，替祖先們補齊名字，卻也無能爲力，只好任由祖先們消失在歷史的洪流之中。

不過還好，牆上譜牒最上頭的開山祖並未斑駁，還清楚寫著「林圮」。——熟知台灣史的人應該知道：林圮乃福建同安人，是鄭成功部將，在沿海對抗清軍時歷戰有功，官至參軍，後隨鄭氏來台。到了鄭經時代，定設屯田制度，林圮即率所部移赴斗六門開墾（今雲林縣）。但當時台灣土地多爲土番（文中不得已沿用番字以指稱原住民）所有，屯墾等於侵佔土番田產。所以儘管林圮築柵以居、墾田以作，番人仍是經常圍困攻擊，雙方屢有死傷。後來林圮順利開墾了雲林平原一部分，他的後代又在這塊平原上開枝散葉，把嘉南平原從荒榛莽草的番民獵鹿寶地，拓墾成水田處處的漢人福地。

我外公和蔥子寮都說我父親是「外省仔」時，恐怕也沒能想過才不過三、四百多年前，林家開山祖在番民的眼裡還不只是「外省仔」而已，如果他們當時有國的觀念，開山祖其實就是個外國人了，而且還是個充滿侵略野心的外國人。——由此看來，漢和番其實只是一個文化高傲的偏見罷了；而本省與外省，也只是一個地域的刻意區分，好劃分彼此而已。

父親和我阿母終於突破了隔絕漢番界限的「土牛溝」，在蔥子寮人的驚訝眼光中結婚了。

械鬥四章

早先渡台漢人，多爲閩粵兩省人士，各依其原鄉生活方式及渡台先後次序，閩人多居海濱及平原，粵人多居丘陵台地。但同是渡海墾戶，除了區分閩粵（福佬和客家）之外，居然連同一省人也要區分彼此，如漳州、泉州。彼此偶爾間一言不合或利益衝突，起初從幾個人爭執不下，最後竟可以演成呼朋引伴展開大規模鬥毆，一發不可收拾，傷亡慘重，如閩粵械鬥、如漳泉械鬥。

漢人和漢人之間尚且如此，漢番之間，情況尤烈。

我父親和我阿母當然還不到大規模械鬥情況，但零星而持久的械鬥卻經常上演。

我阿母當然不會說國語，住進蔥子寮的父親爲了和人溝通，居然入境隨鄉學說起台語，後來更能用流利的台語和所有人溝通，要不這樣，蔥子寮沒人會說國語、沒人聽懂國語，父親就成了格格不入的外國人。

父親和我阿母一開始語言溝通當然不良，再加上我阿母性情乖張，口舌爭執幾乎天天上演，生活瑣事幾乎無所不吵——每隔上一段時日，衝突能量達到極限，雙方大打出手，互丟器械如衣架、如皮帶、如圓鐵椅、如電風扇，打得天地變色、歲月驚恐，也很常見。

我外公倒是看得很開，他總說：「尫仔某，床頭吵，床尾和。」

融合五章

沒想到，我外公料得挺準。

就像現在還有人記得誰是漳州人、誰是泉州人嗎？還有人記得誰是粵移民、誰是閩移民嗎？有些東西甚至就這樣消失了，原住民中的平埔族，凱達格蘭（Ketagalan）、噶瑪蘭（Kavalan）、西拉雅（Siraya）、巴則海（Pazeh）……，都已經融入大爐之中完全消失了。

父親和我阿母生下四個小孩，也沒人再說我們這四個小孩是外省仔子，也沒人說我們是番仔子。我們從未見過的父親故鄉是江西，從未見過的西河堂林氏祖先故鄉是河南，但我們生於斯長於斯的故鄉，是雲林，——在台灣。

父親和我阿母爭吵了一輩子，一直到了父親晚年，他老人家再沒有多餘體力可以械鬥了，甚至連鬥嘴的體力都快沒有了。但我阿母仍是每天嘴裡不饒人地伺候著他，一邊卻仍心甘情願地替已經行動不便的老伴擦澡翻身、把屎把尿，毫無怨言。

父親臨終前，我們問他，要不要以後把骨灰送回江西老家？父親說：「我住在台灣六十多年，這裡才是我的家，我死了也要葬在這裡。」

父親過世後，我阿母常叨唸：「你爸沒在咧，沒人作伴，足孤單！」她一直叮嚀我說，她百歲後，要我通知我爸，記得來接她，不能讓她找不到人。——我阿母到了人生最後頭，她終究還是只相信她的外省仔尪，雖然她什麼都不會也什麼都不懂，但她知道這個世間上對她最好的人，除了她的外省仔尪之外，還是她的外省仔尪。

重複六章

我有時覺得，父親和阿母其實就是一部活生生的台灣史縮影。

歷史過去了，我們以爲往事已成陳跡，但沒想到它總隨時轉換另一種新面貌重新出現在現實生活：我們以爲已經沒有人在移墾了，突然出現了泰勞、印傭、越南新娘、大陸妹等新移民；我們以爲已經沒有漢番界線了，突然又有了族群撕裂；我們以爲已經沒有械鬥了，突然又有了轉爲意識型態的政治抗爭（有些比械鬥更恐怖）；——好在歷史告訴我們，無論如何重複，這座島嶼、這塊土地，都以其母性的包容力量，默默承受這一切，又默默融合這一切，讓一切衝突、爭執、仇視、對抗都在母性的包容中，一點一滴地消解、融化，最後成爲煙消雲散的一片天空。——就像我可愛的父親和阿母。

乾坤末章

乾坤朗朗，天地悠悠。
乾，父也；坤，母也。
我的天地，我的父母。
我的台灣。

附錄一

我阿母理想的醫院與醫師

人老醫院近。這話說得一點兒不錯，年老體衰，沒來由的疾病也就紛紛前來問候。父親還在世的時候，爲了養活一家大小，中壯年時期都在工地裡耗盡心神體力，老來也就一身病痛磨折，白內障、心搏過速、帕金森症、終至還弄到洗腎地步，也因此我陪同他老人家征戰過不少大大小小醫院，也因此造就了父親與我另一種溢於言表的病床邊感情。

父親故去之後，我阿母也到了開始上醫院的歲數。以前我們住鄉下時，那是還沒健保的時代，全家人很少生病，一有生病隨便上個小診所打個針、吃個藥（過去鄉下人總覺得看病得打一針，若是「注大筒」更是慎重其事，不久就可以藥到病除似的，好在現今醫療觀念進步，已經不時興這些了），都能耗去父親在烈日下扛舉版模一兩天的工資，大家也就小心翼翼地鮮少生病，以免讓父親皺起額頭，把勉強應付全家日常生活的收支平衡登時打翻。後來有了健保，對許多像我家一樣弱勢的家庭簡直就像是天上掉下來的大禮物，父親再不用爲了省錢而千里迢迢從雲林趕到台中榮總醫院，以榮民身分看不用錢的門診和進一步治療，反而可以拿新發的六格一張的紙健保卡就近看診，把節省下的到台中車錢付掛號費還綽綽有餘，而且看醫生時再不用那麼壓力重重。——我當然相信，健保對許多人而言，肯定有相同感覺。

話雖如此，但上醫院仍有許多困擾。比如說老人家最不耐久候，我阿母當然也是，小診所等的時間自然還好，但到了大醫院就診，可就折騰人。醫院像菜市場，人來人往，排起隊自然也就大排長龍。我阿母在診間外座椅上一直嚷問，還要等多久？還要等多久？究竟還要等多久？我只能看紅燈號碼回答還要等看完多少人，時間沒個準。然後再聽一回我阿母的抱怨，又繼續在診間外枯盼傻等，不敢片刻離開。好不容易，輪到號，進了診間，裡頭竟然還有前一號病患在問診，很是尷尬。輪到我阿母，醫生像是催生婆一樣，急急忙忙問診，眼睛直盯著電腦螢幕，雙手劈哩啪啦直敲著鍵盤寫病歷，過一會兒才瞧一眼我阿母（有的甚至只光聽敘述連正睛瞧一眼都沒有），有時我阿母還想和醫生聊一下天，醫生卻早寫好處方，急急忙忙招呼坐在後方的病人往前，護士更是配合，早開好門招呼讓我阿母快快離開了。我們自然不敢稍作停留，因爲外面還有好大一群人正翹首等候，好像我們多耽誤片刻，便耽誤了眾人時間，自己有莫大罪惡似的。（還好我阿母經常去問診的萬芳醫院家醫科林正清醫師，人好得不得了，非但不趕人，也不曾有其他病患同處一診間的窘境，還時常讓我媽先看，眞是太感謝他了。）

問完診，接下來就又是排隊等候結帳和領藥，還好這些我全都可以自己去排，讓我阿母好生坐在椅上等待。話雖如此，唯等候時間仍長，她老人家還是抱怨連連。

所以，我常想，如果可以讓我阿母上醫院更開心一點（通常上醫院是不會太開心的，沒有人會沒事上醫院尋開心的，可是如果可以不因等待時間過長而讓心情更壞，這樣難道不是醫院對病人多做的一點點體貼嗎），因此我理想中的醫院和醫生如果能做到以下這樣該有多好。

每個大醫院裡的醫生都應該限額看診，每個病人都應該有十分鐘的問病時間，也就是說每個醫生一個上午或下午四小時看診，只能看二十四名病人。病人掛號時，知道自己的號碼，就已經知道自己看診時間，不用提早到醫院苦苦等候。若病人遲到，則時間被自己浪費，怨不得人，看不完，下次請早；若是缺席未到診，則日後掛號時須繳雙倍掛號費，以示警戒。醫師看病時，應該盡心翻閱看診者的病歷史，而不是草草翻閱、然後匆匆問診即可（密密麻麻的病歷上應該要有類似病人重大醫療事件的提綱，病人當然有義務在極短時間向醫生陳述自己病史與不舒服之處，但有些病人未必有能力陳述自己生過什麼病，像我目不識丁的阿母就完全沒有辦法陳述）；醫師也應該接受如空姐禮儀或電話接聽員的耐心解說訓練，而不是高高在上，一副不可一世的樣子。講解病情也好、診間檢查也好、叮嚀吃藥方式也好，哪怕已經講過千萬回了，也應該還要心平氣和、詳細而誠懇地解說與叮嚀，而不是隨手從抽屜抽出一張衛教說明單要病人回家自己看（這時難免就會讓人懷念起過去傳教士醫師如馬偕者，他們看診時眼睛如何充滿關懷、不捨與愛的種種神情與態度，一般醫師最需要的就是這種虔誠而充滿關愛的問診態度）。診間當然不能再有其他任何不相干的人在裡頭，何況是其他病人呢？誰會希望自己的隱疾曝露在不相干的人的耳邊呢？難道在醫院，病人的隱私權就應該完全被犧牲嗎？所以診間只能有病患和醫生，有時連護士都應該迴避才好（絕不能因爲要讓看病速度增快而犧牲病人隱私權！）。

限額看診，當然會讓醫師收入減少，但醫師收入已經夠好了，比上不足，比下綽綽有餘，醫師能這樣做，大家才可能多少相信一下，醫師這行的確是有點兒從事良心事業的意味。

看完病，結帳收錢，有些醫院懂得用抽號碼牌，而不讓病人排隊苦等，這很值得推廣。至於排隊領藥，我就很不明白，讓藥劑師一個個手忙腳亂像操作員一樣分藥，然後讓病人一個個在藥房前集體等候，是何道理？我問過一名學機械的朋友，他說用機械分藥，技術上完全沒有問題，而且成本不高。倘若讓機械分藥，醫師開完處方籤，電腦連線立即馬上分藥，病人付完診費，藥早就已經備妥，最後又經藥師逐一核對藥品正確與否，很快交到病患手中，節省大家時間與精神，醫院何樂而不爲呢？

如此應可避免常人所詬病台灣就診怪狀，「三長兩短」，即等候掛號時間長、等候看診時間長、等候批價領藥時間長；而看診時間奇短、醫生問診時間更短。即可營造一個醫病都滿意的看診環境。如此一來，我猜想我阿母自然就不會那麼討厭上醫院看醫生，至少她老人家不用等那麼久，甚至還可以和醫生多聊點天之類的。

然而人未必只是至醫院看看診，有時竟也要住院，如今甚至大部分人皆是在醫院出生和故去，醫院似乎早成了「出生入死」或「養生送死」之所了。

我陪先父住過不少大小醫院，大醫院設備、人力沒什麼好挑剔，但鄉下地區型的醫院就很明顯看出城鄉差異，如我們曾住過一家雲林縣號稱教學級醫院，難以想像，晚上竟沒有住院醫師值班，醫院任由病患在房床上嗟痛連連，值夜護士束手無策，亦無能爲力爲之解除痛苦，只能彼此痛苦相望。可見醫療資源分配之不均確實有之，另一方面也可見新進醫師未必有至偏僻地區犧牲奉獻的精神，雖說有公費醫學士制度，但人數顯然不足，公費義務服務時間亦過短之故，讓服完義務期限之後的醫生旋即離開僻壤奔赴繁華城市開業去了。

先父晚年最常進醫院的四個地方，急診室、洗腎室、普通病房和加護病房。急診室自然是突發狀況才去，如跌倒、昏迷之類，但有時急診室很讓人懷念，原因是效率奇高，任何檢查隨到隨驗、隨驗隨好，離開急診室後付款、取藥皆不用久候。倘平常門診絕無可能有相同待遇，如一般門診要安排檢查得另約時間，看報告又得再掛一次號（有時明明可以當場得知的檢查報告，卻還要硬拖到下回門診，難道是多掛一次號讓醫生多賺一回錢嗎），換言之，排一回檢查得上醫院三次，花上約兩三個禮拜，才能做完並得知結果，很是耗費社會成本。若是一般門診可以如急診室效率一樣高（據說有錢人看診便是如此效率之好），民眾上醫院心情必然輕鬆俐落許多（一般醫院自然受人力和物力所限，但似可和其他檢驗所合作，如醫藥分級制度一般，適度釋放檢驗單的額度，以提高檢驗效率）。

至於洗腎室，其實是醫院的洗錢機，設備和環境自然較好些，病床上每人有自己的小電視可看。姑不論台灣洗腎率如何高居世界第一，衛生署應當極力加強宣導，而民眾亂服藥的陋習也有待改善云云，只先說洗腎室不論在大小醫院裡，控制疾病傳染能力實在令人搖頭，多人共用一部洗腎機，血液疾病容易彼此傳染，台灣洗腎病人傳染B型、C型肝炎比例高居不下（先父亦因洗腎而感染兩者），顯見沒有精密控制傳染之警覺與觀念。至於普通病房和加護病房最大的差異，對病人家屬而言，就是前者需要有家人陪伴照顧，後者卻不需要；前者病情比較穩定，後者比較危險。在普通病房時，就會讓人想望爲何這個社會沒有建立共同照料系統，而一定要花大錢請看護或請假挪出時間照料親人，因爲生病的家人有時並不住在一起，年輕人在城市奮鬥，而老人家通常都在鄉下生病。在加護病房時，就會想望爲何病房內不能布置得像家一樣，好讓即將往生的人有回到家的感覺，而不是讓病人一直嚷著要回家，嚷著就算死也要回到自己的家，而內心充滿無限遺憾，這樣實在過於殘忍。

唉！醫院，很有可能是我們打一出生就看見的地方，也很有可能是我們離開這個世間看最後一眼的地方；而醫生，極有可能是我們來到這個世間所看到的第一個人，也很有可能是我們離開這個世間看最後一眼的人。我們是多麼希望，當我們睜開眼準備妥當迎接這個世界，第一眼看到的醫院或醫師，是如何的美好與充滿希望；而當我們熱烈生活著的時候，偶爾因生病或不舒服而重新回到出生的處所，應該是一派優閒，如同會晤久違的朋友，而不是匆匆忙忙、漫長久候或氣急敗壞。而終於等到有一天，終將告別這個世間，再度回到出生的地方，我們能安穩地閉上眼睛，不會驚慌失措、擔憂害怕，如同回到天地的子宮之中靜靜入睡，重新眠夢另一回可能的新的人生。

如果有一天，有了這種感覺，那自然就是我阿母理想中的醫院與醫生了。

雖說先父和我曾在病床邊有過極特殊的感情，但那是屬於我和她老人家共患難的親情陪伴；想我阿母日後必定也是要在醫院之中照料過她老人家的老病死，但我相信，一旦有了理想的醫院和醫師，肯定會讓她老人家安心、平靜許多，能夠心平氣和地面對人生的老病死，而我也相信這樣感受對其他人必然也同樣重要，——因爲這無非都只是一個作爲人子始終想要體貼父母的最大期盼與深切願望。

附錄二

在最孤單的時光

如果可以，我希望當時可以陪陪他，聽他說說話，如果還可以甚至也想抱抱他，很緊很用力的那種方式抱抱他。

他開始朦朧懂事後，很早就知道自己的家是極爲弱勢的，還沒意識到父親是外省人居住在全是閩南人鄉鎮裡有何怪異之前，便早一步因他阿母拙於人際應對而導致左鄰右舍有意疏離，經常投以白眼不說，惡口相向也是有的。他很早就學會了如何察言觀色，哪怕事情的爭端常是他阿母自己理虧，但基於母子連心之故，他心裡仍爲自己阿母抱不平，並將疾怒之情蘊藏於胸，如同一座沸騰的火山。好比有一日黃昏，不遠處三合院的國小女同學某甲，她的母親和幾個壯丁怒氣沖沖來到他家門口，他的父親剛從工地操持了一天模板重活兒回到家，邊喘口氣邊在門口水龍頭前刷洗手腳，某甲同學母親忽在門口吆喝起來：「叫阿葉仔出來！」隨著吆喝聲越來越大，不多時便聚集了許多人，他的父親問明了前後事由，聽是妻子買菜途經她家門口胡亂詛咒她全家云云，他的父親喚了妻子出來，他也跟在後面出來了，他阿母還在爭辯什麼之際，他的父親眼見事端有擴大之虞，竟強押著他阿母在眾目睽睽之下，下跪，認錯。他著實錯愕，他想撥開眾人，拉起自己的阿母，在他看來那是奇恥大辱，但他還那麼小，他只能一動也不動地杵在原地，疾視著漸漸散去的人，並且爆裂著全身火山的烈焰。他憤怒，但無處排解，如同火山口被厚重石頭密密壓住一般。

他猜想他的父親並非懦弱怕事之徒，自然有很多理虧是源自於他阿母。雖說後來還有一回，鄰居小孩央著阿公來他家興師問罪，說是放學途中，他在路隊後面朝前方丟擲小石頭，砸中了孫子後腦勺。他父親叫了他出來，他說他沒有，他父親二話不說便在門口結實賞了他一巴掌，他又錯愕了，他知道他沒有，備受委屈的感覺湧上心頭，但他沒有哭。事後，他的父親隱隱約約說：「我這樣做是爲你們好。」

他不懂，他眞的不懂。但如果可以，我會想摸摸他的頭，告訴他，那是他父親的處世方式，以退爲和，雖然並不挺好，但日後他會遇著許多事，他會發現，除非有能力決心撕破臉，要不這無疑也是一種還勉強可以接受的處事方式。

他家的弱勢具體表現在沒有零用錢習慣以及哥哥姊姊國中畢業後就必須半工半讀養活自己這兩件事上。前者讓他體會貧窮，後者讓他經歷長時間的孤單。他小時候，爲了貼補家用，和阿母及兩個姊姊花了很多時間在好似永遠也做不完的家庭手工細活上，蘆筍一根接一根削、橘子一顆接一顆剝、荸薺一粒接一粒去皮、龍眼乾一盒接一盒摘肉、茶葉一桶接一桶挑梗、外銷成衣一袋接一袋剪線頭，他有時只想和童伴一起玩而已，所以經常不耐，但有一回忽然想到會不會一輩子都要重複做這種單調無聊的工作，便倒抽了一口氣，害怕起來。他當時還想，爲什麼父母賺了錢不分些零頭給他呢，這樣做得不更來勁嗎？（如果可以像現在插進話裡，我想告訴當時的他，那些賺來的錢始終都不夠全家使，瓦斯、水電、菜肉，還有四個小孩的學雜費。所以他的父親才跟牛一般在工地裡討賺生活，半刻不敢鬆懈。）

他還經常在第二節下課，跟著同學人潮擠進國小合作社，雖然沒錢可買，但看一眼他也很開心。當時流行的波羅麵包，同學會把麵包上頭的糖塊一個個剝下，吃完白麵包後，再把糖塊集中於塑膠袋底擠壓成紡錘狀，留在最後細細品嚐。他非常羨慕這種吃法。就好像他家屋後鄰居，自製豆花冰推往車站兜售，一到傍晚返回社區，殘存冰品自是半賣半送，左右鄰舍簇擁著吃冰，他經常在自家鐵窗後頭隱身偷覷著在馬路上站著吃冰的鄰居、玩伴。他也非常羨慕那種吃法。

有那麼幾次，他阿母從丈夫交代每日一百元菜錢中好不容易省下五元，給他和尚未畢業出去半工半讀的二姊花用。這成了苦惱的難題，照理說二姊輩分較大，她理應取得三元，可他難免有私心，他若有三元就可以多挑一個柑仔店裡玻璃罐內的鹹酸甜，但他不能造次多話，因爲她是二姊，且阿母是把錢交給她的。上學途中經過柑仔店，他姊弟倆果眞進到店內，他二姊毫無猶豫，挑了兩個糖果，然後對他說：「弟，乎你三元。」他不知怎的，驚覺和阿母性情一般糟糕且時常與他爭吵的二姊，是發自內心疼愛他的。（如果可以，我又會告訴他，他日後會因此而一直長時間幫助他二姊，她會支支吾吾說這個月米粉廠沒工可做，他就馬上跑到郵局限時掛號寄錢過去，一樣毫無猶豫。）

因爲沒零用錢，他經常流連電動玩具店時也只能旁觀，不能眞坐下玩將起來，不知怎的常會有種渴望漸漸在內心滋長起來。他第一次有這種感覺，是在國小二年級時，當時電視廣告上頻打舒跑飲料廣告，他忽忽就向同學誇口道：「我們家有好幾箱。」同學不信，他又誇口：「明天拿來請你們一人喝一瓶！」隔天一大早，他潛進父親房間偷得六百元，想買兩箱舒跑。早餐時，他的父親發現錢丟了，遍尋不著，很是不悅。他的阿母沒由來地忽掏摸起他的藍色腰間短褲暗袋，發現了六百元，他爭辯說他沒拿，他父親取回錢，沒多說什麼，只露出非常失望的表情。後來第二回有這種感覺，是他國一時擔任班長，代收班費，第一次擁有那麼多錢，他忍不住想買禮物送同學過生日，頭些回覺得還有壓歲錢可以彌補挪用的班費，後來漸漸支不過了，但他知道停不下來了，最後輪到交接時，他慌了，只好拿著剩下的錢潛逃至台中，過了幾天流浪生活，最終回到他大姊在烏日便當廠半工半讀的宿舍內。他大姊沒有責備他，她一直對他都好，她還在家裡的時候，家務事大多是她一人完成（如果可以，我會告訴他，日後他大姊有許多艱難之處，他也都毫不考慮地伸以援手）。她大姊讓他回家，父親和他好一段時間沒說話，最後終於同他說：「難道一個人的人格用那麼點錢就可以換取了嗎？」他記住了這句話，從此哪怕在電動玩具店或日後又滋生了想偷東西或者想擺闊的欲望，他都忍住了，因爲他覺得他的父親的話說得對極了。（如果可以，我會告訴他，從那之後他就不再偷任何東西了。）

他的二姊最終也離家半工半讀時，他才國小六年級。從此之後，剩他一個人獨自面對父母每日的爭吵，他在學校沒有要好的同學，他在家裡沒有可以講話的人，父親只會訓話，阿母已經離他心靈很遠很遠了，偶爾他會抱住門口自家養的狗，小花，跟牠傾訴自己許多委屈；他也常在飯桌上和自己玩遊戲，他的父親總是沉默不語，偶爾會說大哥不寄錢回家、姊姊如何如何、這個家又如何如何（如果可以，我想告訴當時的他，那是他父親同他訴苦），但他聽過太多回，厭煩了，他開始幻想吃哪道已然蒸烹多日的菜是有毒的，然後吃哪道也是蒸烹多日的菜接哪道蒸烹多日的菜可以解毒，藉以自得其樂。他很用功讀書，因爲他的父親很兇，要求很嚴格。每天晚上九點過後，他的父母都在一樓睡著了，他一個人在二樓讀書，他那時候還不懂得什麼叫做寂寞，但非常想要有人作伴，便把大哥寄回家的卡拉ＯＫ機搬進房間，打開廣播聽，有聲音在旁邊就覺得很安心，他甚至開著廣播睡覺，覺得比較不害怕。但隔天一早，父親發現他開廣播一整晚，極嚴厲地罵他：「電不用錢啊，開整晚！」他很想跟父親說他害怕、他孤單。但他沒有，他關掉廣播，一個人在一晚又一晚寂寞的深夜，自己給自己打氣，那時他的父親希望他將來能當老師、做博士，所以他讀書讀累時，總在課本或考卷上一遍又一遍寫上，國立台灣師範大學學士、碩士、博士。他一點也不知道台灣師範大學長什麼樣，但這幾個字，讓他在最孤單的時刻覺得有希望。

後來他果眞考上台灣師範大學了，果眞就看見希望。

如果可以，我眞的希望當時可以多陪陪他——那個小時候的我——，在最孤單而寂寞的時光裡，陪在他身邊告訴他：「沒關係的，你將來會因爲曾經貧窮與欠缺，而更加懂得珍惜與感恩；會因爲曾經犯錯與逃避，學會正直與責任；因爲經歷孤獨與寂寞，將展現出堅強與獨立；更因爲曾處在弱勢之中，你將曉得將心比心，以及奮鬥的決心與勇氣。這些從來都不會成爲墮落與沉淪的理由。」

或者也會告訴他：「沒關係，你將來會是一個很棒的人。」

或者什麼都沒說，只是很緊很緊地，抱住他。

文學叢書 257

INK PUBLISHING
我的心肝阿母

作　　者　張輝誠
總 編 輯　初安民
責任編輯　陳思妤
美術編輯　黃昶憲
封面繪圖　江昭彥
書名題字　杜忠誥
內頁題獻　黃明理
校　　對　陳思妤　張輝誠

發 行 人　張書銘
出　　版　INK印刻文學生活雜誌出版有限公司
新北市中和區建一路249號8樓
電話：02-22281626
傳真：02-22281598
e-mail：ink.book@msa.hinet.net
網　　址　舒讀網 http：//www.sudu.cc

法律顧問　巨鼎博達法律事務所
施竣中律師
總 經 銷　成陽出版股份有限公司
電　　話　03-3589000（代表號）
傳　　真　03-3556521
郵政劃撥　19000691 成陽出版股份有限公司
印　　刷　海王印刷事業股份有限公司

港澳總經銷　泛華發行代理有限公司
地　　址　香港新界將軍澳工業邨駿昌街7號2樓
電　　話　852-27982220
傳　　真　852-27965471
網　　址　www.gccd.com.hk

出版日期　2010年5月　初版
2017年8月15日　初版七刷
ISBN　978-986-6377-75-4

定價　240元

財團法人｜國家文化藝術｜基金會　補助創作及出版

國家圖書館出版品預行編目資料

我的心肝阿母／張輝誠著. --初版.
新北市中和區：INK印刻文學，2010.5
224面；15×21公分.--（文學叢書；257）
978-986-6377-75-4　（平裝）
855　99006353